CONTEMPORÁNEA

Gabriel García Márquez, nacido en Colombia, es una de las figuras más importantes e influyentes de la literatura universal. Ganador del Premio Nobel de Literatura en 1982, es además cuentista, ensayista, crítico cinematográfico, autor de guiones y, sobre todo, intelectual comprometido con los grandes problemas de nuestro tiempo, en primer término con los que afectan a su amada Colombia y a Hispanoamérica en general. Máxima figura del llamado «realismo mágico», en el que historia e imaginación tejen el tapiz de una literatura viva, que respira por todos sus poros, es en definitiva el hacedor de uno de los mundos narrativos más densos de significados que ha dado la lengua española en el siglo XX. Entre sus novelas más importantes figuran *Cien años de soledad*, *Doce cuentos peregrinos*, *La hojarasca*, *Crónica de una muerte anunciada*, *El general en su laberinto*, *La mala hora*, *El amor en los tiempos del cólera* y *Diatriba de amor contra un hombre sentado*. *Vivir para contarla*, primer volumen de sus memorias, ha sido publicado en otoño de 2002 por Mondadori.

Biblioteca

Gabriel García Márquez

La increíble y triste historia de la cándida Eréndira y de su abuela desalmada

DeBOLSILLO

Co863   García Márquez, Gabriel
GAR   La increíble y triste historia de la cándida Eréndira y de
           su abuela desalmada. - 1ª ed. – Buenos Aires : Debolsillo,
           2003.
              160 p. ; 19x13 cm.

           ISBN 987-1138-02-4

           I. Título. - 1. Narrativa Colombiana

Diseño de la portada: Equipo de diseño Editorial
Ilustración de tapa: © Jordi Sábat

© 1972, Gabriel García Márquez
© de la presente edición:
   2003, Random House Mondadori, S. A.
   Travessera de Gràcia, 47-49. 08021 Barcelona

Publicado por Editorial Sudamericana S. A.® bajo licencia
de Random House Mondadori S. A.

Impreso en la Argentina

Queda hecho el depósito que previene la ley 11.723
ISBN: 987-1138-02-4

Primera edición en la Argentina en este formato: junio de 2003

www.edsudamericana.com.ar

Esta edición de 5.000 ejemplares se terminó de imprimir en
Verlap S.A., Comandante Spurr 653, Avellaneda, Bs. As.,
en el mes de junio de 2003.

UN SEÑOR MUY VIEJO
CON UNAS ALAS ENORMES

(1968)

Al tercer día de lluvia habían matado tantos cangrejos dentro de la casa, que Pelayo tuvo que atravesar su patio anegado para tirarlos en el mar, pues el niño recién nacido había pasado la noche con calenturas y se pensaba que era a causa de la pestilencia. El mundo estaba triste desde el martes. El cielo y el mar eran una misma cosa de ceniza, y las arenas de la playa, que en marzo fulguraban como polvo de lumbre, se habían convertido en un caldo de lodo y mariscos podridos. La luz era tan mansa al mediodía, que cuando Pelayo regresaba a la casa después de haber tirado los cangrejos, le costó trabajo ver qué era lo que se movía y se quejaba en el fondo del patio. Tuvo que acercarse mucho para descubrir que era un hombre viejo, que estaba tumbado boca abajo en el lodazal, y a pesar de sus grandes esfuerzos no podía levantarse, porque se lo impedían sus enormes alas.

Asustado por aquella pesadilla, Pelayo corrió en busca de Elisenda, su mujer, que estaba poniéndole compresas al niño enfermo, y la llevó hasta el fondo del patio. Ambos observaron el cuerpo caído con un callado estupor. Estaba vestido como un trapero. Le quedaban apenas unas hilachas descoloridas en el cráneo pelado y muy pocos dientes en la boca, y su lastimosa condición de bisabuelo ensopado lo había desprovisto de toda grandeza. Sus alas de gallinazo grande, sucias y medio desplumadas, estaban encalladas para siempre en el lodazal. Tanto lo observaron, y con tanta atención, que Pelayo y Elisenda se sobrepusieron muy pronto del asombro y acabaron por encontrarlo familiar. Entonces se atrevieron a hablarle, y él les contestó en un dialecto incomprensible pero con una buena voz de navegante. Fue así como pasaron por alto el inconveniente de las alas, y concluyeron con muy buen juicio que era un náufrago solitario de alguna nave extranjera abatida por el temporal. Sin embargo, llamaron para que lo viera a una vecina que sabía todas las cosas de la vida y la muerte, y a ella le bastó con una mirada para sacarlos del error.

—Es un ángel —les dijo—. Seguro que venía por el niño, pero el pobre está tan viejo que lo ha tumbado la lluvia.

Al día siguiente todo el mundo sabía que en casa de Pelayo tenían cautivo un ángel de carne y hueso. Contra el criterio de la vecina sabia, para quien los ángeles de estos tiempos eran sobrevivientes fugitivos de una conspiración celestial, no habían tenido corazón para matarlo a palos. Pelayo estuvo vigilándolo toda la tarde desde la cocina, armado con su garrote de alguacil, y antes de acostarse lo sacó a rastras del lodazal y lo encerró con las gallinas en el gallinero alambrado. A media noche, cuando terminó la lluvia, Pelayo y Elisenda seguían matando cangrejos. Poco después el niño despertó sin fiebre y con deseos de comer. Entonces se sintieron magnánimos y decidieron poner al ángel en una balsa con agua dulce y provisiones para tres días, y abandonarlo a su suerte en alta mar. Pero cuando salieron al patio con las primeras luces, encontraron a todo el vecindario frente al gallinero, retozando con el ángel sin la menor devoción y echándole cosas de comer por los huecos de las alambradas, como si no fuera una criatura sobrenatural sino un animal de circo.

El padre Gonzaga llegó antes de las siete alarmado por la desproporción de la noticia. A esa hora ya habían acudido curiosos menos frívolos que los del amanecer, y habían hecho toda clase de conjeturas sobre el porvenir del cautivo. Los más simples pensaban que sería nombrado alcalde del mundo. Otros, de espíritu más áspero, suponían que sería ascendido a general de cinco estrellas para que ganara todas las guerras. Algunos visionarios esperaban que fuera conservado como semental para implantar en la tierra una estirpe de hombres alados y sabios que se hicieran cargo del Universo. Pero el padre Gonzaga, antes de ser cura, había sido leñador macizo. Asomado a las alambradas repasó en un instante su catecismo, y todavía pidió que le abrieran la puerta para examinar de cerca a aquel varón de lástima que más bien parecía una enorme gallina decrépita entre las gallinas absortas. Estaba echado en un rincón, secándose al sol las alas extendidas, entre las cáscaras de frutas y las sobras de desayunos que le habían tirado los madrugadores. Ajeno a las impertinencias del mundo, apenas si levantó sus ojos de anticuario y murmuró algo en su dialecto cuando el padre Gonzaga entró en el gallinero y le dio los buenos días en latín. El párroco tuvo la primera sospecha de su impostura al comprobar que no entendía la lengua de Dios ni sabía saludar a sus ministros. Luego observó

9

que visto de cerca resultaba demasiado humano: tenía un insoportable olor de intemperie, el revés de las alas sembrado de algas parasitarias y las plumas mayores maltratadas por vientos terrestres, y nada de su naturaleza miserable estaba de acuerdo con la egregia dignidad de los ángeles. Entonces abandonó el gallinero, y con un breve sermón previno a los curiosos contra los riesgos de la ingenuidad. Les recordó que el demonio tenía la mala costumbre de recurrir a artificios de carnaval para confundir a los incautos. Argumentó que si las alas no eran el elemento esencial para determinar las diferencias entre un gavilán y un aeroplano, mucho menos podían serlo para reconocer a los ángeles. Sin embargo, prometió escribir una carta a su obispo, para que éste escribiera otra a su primado y para que éste escribiera otra al Sumo Pontífice, de modo que el veredicto final viniera de los tribunales más altos.

Su prudencia cayó en corazones estériles. La noticia del ángel cautivo se divulgó con tanta rapidez, que al cabo de pocas horas había en el patio un alboroto de mercado, y tuvieron que llevar la tropa con bayonetas para espantar el tumulto que ya estaba a punto de tumbar la casa. Elisenda, con el espinazo torcido de tanto barrer basura de feria, tuvo entonces la buena idea de tapiar el patio y cobrar cinco centavos por la entrada para ver al ángel.

Vinieron curiosos hasta de la Martinica. Vino una feria ambulante con un acróbata volador, que pasó zumbando varias veces por encima de la muchedumbre, pero nadie le hizo caso porque sus alas no eran de ángel sino de murciélago sideral. Vinieron en busca de salud los enfermos más desdichados del Caribe: una pobre mujer que desde niña estaba contando los latidos de su corazón y ya no le alcanzaban los números, un jamaicano que no podía dormir porque lo atormentaba el ruido de las estrellas, un sonámbulo que se levantaba de noche a deshacer dormido las cosas que había hecho despierto, y muchos otros de menor gravedad. En medio de aquel desorden de naufragio que hacía temblar la tierra, Pelayo y Elisenda estaban felices de cansancio, porque en menos de una semana atiborraron de plata los dormitorios, y todavía la fila de peregrinos que esperaban turno para entrar llegaba hasta el otro lado del horizonte.

El ángel era el único que no participaba de su propio acontecimiento. El tiempo se le iba en buscar acomodo en su nido prestado, aturdido por el calor de infierno de las lámparas de aceite y las velas de sacrificio que le arrimaban a las alambradas. Al principio trataron de que comiera cristales de alcanfor, que, de acuerdo con la sabiduría de la vecina sabia, era el alimento específico de los ángeles. Pero él los despreciaba, como despreció sin probarlos los almuerzos papales que le llevaban los penitentes, y nunca se supo si fue por ángel o por viejo que terminó comiendo nada más que papillas de berenjena. Su única virtud sobrenatural parecía ser la paciencia. Sobre todo en los primeros tiempos, cuando le picoteaban las gallinas en busca de los parásitos estelares que proliferaban en sus alas, y los baldados le arrancaban plumas para tocarse con ellas sus defectos, y hasta los más piadosos le tiraban piedras tratando de que se levantara para verlo de cuerpo entero. La única vez que consiguieron alterarlo fue cuando le abrasaron el costado con un hierro de marcar novillos, porque llevaba tantas horas de estar inmóvil que lo creyeron muerto. Despertó sobresaltado, despotricando en lengua hermética y con los ojos en lágrimas, y dio un par de aletazos que provocaron un remolino de estiércol de gallinero y polvo lunar, y un ventarrón de pánico que no parecía de este mundo. Aunque muchos creyeron que su reacción no había sido de rabia sino de dolor, desde entonces se cuidaron de no molestarlo, porque la mayoría entendió que su pasividad no era la de un héroe en uso de buen retiro sino la de un cataclismo en reposo.

El padre Gonzaga se enfrentó a la frivolidad de la muchedumbre con fórmulas de inspiración doméstica, mientras le llegaba un juicio terminante sobre la naturaleza del cautivo. Pero el correo de Roma había perdido la noción de la urgencia. El tiempo se les iba en averiguar si el convicto tenía ombligo, si su dialecto tenía algo que ver con el arameo, si podía caber muchas veces en la punta de un alfiler, o si no sería simplemente un noruego con alas. Aquellas cartas de parsimonia habrían ido y venido hasta el fin de los siglos, si un acontecimiento providencial no hubiera puesto término a las tribulaciones del párroco.

Sucedió que por esos días, entre muchas otras atracciones de las ferias errantes del Caribe, llevaron al pueblo el espectáculo triste de la mujer que se había convertido en araña por desobedecer a sus padres. La entrada para verla no sólo costaba menos que la entrada para ver al ángel, sino que permitían hacerle toda clase de preguntas sobre su absurda condición, y examinarla al derecho y al revés, de modo que nadie pusiera en duda la verdad del horror. Era una tarántula espantosa del tamaño de un carnero y con la cabeza de una doncella triste. Pero lo más desgarrador no era su figura de disparate, sino la sincera aflicción con que contaba los pormenores de su desgracia: siendo casi una niña se había escapado de la casa de sus padres para ir a un baile, y cuando regresaba por el bosque después de haber bailado toda la noche sin permiso, un trueno pavoroso abrió el cielo en dos mitades, y por aquella grieta salió el relámpago de azufre que la convirtió en araña. Su único alimento eran las bolitas de carne molida que las almas caritativas quisieran echarle en la boca. Semejante espectáculo, cargado de tanta verdad humana y de tan temible escarmiento, tenía que derrotar sin proponérselo al de un ángel despectivo que apenas si se dignaba mirar a los mortales. Además los escasos milagros que se le atribuían al ángel revelaban un cierto desorden mental, como el del ciego que no recobró la visión pero le salieron tres dientes nuevos, y el del paralítico que no pudo andar pero estuvo a punto de ganarse la lotería, y el del leproso a quien le nacieron girasoles en las heridas. Aquellos milagros de consolación que más bien parecían entretenimientos de burla, habían quebrantado ya la reputación del ángel cuando la mujer convertida en araña terminó de aniquilarla. Fue así como el padre Gonzaga se curó para siempre del insomnio, y el patio de Pelayo volvió a quedar tan solitario como en los tiempos en que llovió tres días y los cangrejos caminaban por los dormitorios.

Los dueños de la casa no tuvieron nada que lamentar. Con el dinero recaudado construyeron una mansión de dos plantas, con balcones y jardines, y con sardineles muy altos para que no se metieran los cangrejos del invierno, y con barras de hierro en las ventanas para que no se metieran los ángeles. Pelayo estableció además un criadero de conejos muy cerca del pueblo y renunció para siempre a su mal empleo de alguacil, y Elisenda se compró unas zapatillas satinadas de tacones altos y muchos vestidos de seda tornasol, de los que usaban las señoras más codiciadas en los domingos de aquellos tiempos. El gallinero fue lo único que no mereció atención. Si alguna vez lo lavaron con creolina y quemaron las lágrimas de mirra en su interior, no fue por hacerle honor al ángel, sino por conjurar la pestilencia de muladar que ya andaba como un fantasma por todas partes y estaba volviendo vieja la casa nueva. Al principio, cuando el niño aprendió a caminar, se cuidaron de que no estuviera muy cerca del gallinero. Pero luego se fueron olvidando del temor y acostumbrándose a la peste, y antes de que el niño mudara los dientes se había metido a jugar dentro del gallinero, cuyas alambradas podridas se caían a pedazos. El ángel no fue menos displicente con él que con el resto de los mortales, pero soportaba las infamias más ingeniosas con una mansedumbre de perro sin ilusiones. Ambos contrajeron la varicela al mismo tiempo. El médico que atendió al niño no resistió a la tentación de auscultar al ángel, y le encontró tantos soplos en el corazón y tantos ruidos en los riñones, que no le pareció posible que estuviera vivo. Lo que más le asombró, sin embargo, fue la lógica de sus alas. Resultaban tan naturales en aquel organismo completamente humano, que no podía entender por qué no las tenían también los otros hombres.

Cuando el niño fue a la escuela, hacía mucho tiempo que el sol y la lluvia habían desbaratado el gallinero. El ángel andaba arrastrándose por acá y por allá como un moribundo sin dueño. Lo sacaban a escobazos de un dormitorio y un momento después lo encontraban en la cocina. Parecía estar en tantos lugares al mismo tiempo, que llegaron a pensar que se desdoblaba, que se repetía a sí mismo por toda la casa, y la exasperada Elisenda gritaba fuera de quicio que era una desgracia vivir en aquel infierno lleno de ángeles. Apenas si podía comer, sus ojos de anticuario se le habían vuelto tan turbios que andaba tropezando con los horcones, y ya no le quedaban sino las cánulas peladas de las últimas plumas. Pelayo le echó encima una manta y le hizo la caridad de dejarlo dormir en el cobertizo, y sólo entonces advirtieron que pasaba la noche con calenturas delirantes en trabalenguas de noruego viejo. Fue ésa una de las pocas veces en que se alarmaron, porque pensaban que se iba a morir, y ni siquiera la vecina sabia había podido decirles qué se hacía con los ángeles muertos.

Sin embargo, no sólo sobrevivió a su peor invierno, sino que pareció mejor con los primeros soles. Se quedó inmóvil muchos días en el rincón más apartado del patio, donde nadie lo viera, y a principios de diciembre empezaron a nacerle en las alas unas plumas grandes y duras, plumas de pajarraco viejo, que más bien parecían un nuevo percance de la decrepitud. Pero él debía conocer la razón de esos cambios, porque se cuidaba muy bien de que nadie los notara, y de que nadie oyera las canciones de navegantes que a veces cantaba bajo las estrellas. Una mañana, Elisenda estaba cortando rebanadas de cebolla para el almuerzo, cuando un viento que parecía de alta mar se metió en la cocina. Entonces se asomó por la ventana, y sorprendió al ángel en las primeras tentativas del vuelo. Eran tan torpes, que abrió con las uñas un surco de arado en las hortalizas y estuvo a punto de desbaratar el cobertizo con aquellos aletazos indignos que resbalaban en la luz y no encontraban asidero en el aire. Pero logró ganar altura. Elisenda exhaló un suspiro de descanso, por ella y por él, cuando lo vio pasar por encima de las últimas casas, sustentándose de cualquier modo con un azaroso aleteo de buitre senil. Siguió viéndolo hasta cuando acabó de cortar la cebolla, y siguió viéndolo hasta cuando ya no era posible que lo pudiera ver, porque entonces ya no era un estorbo en su vida, sino un punto imaginario en el horizonte del mar.

EL MAR DEL TIEMPO PERDIDO

(1961)

Hacia el final de enero el mar se iba volviendo áspero, empezaba a vaciar sobre el pueblo una basura espesa, y pocas semanas después todo estaba contaminado de su humor insoportable. Desde entonces el mundo no valía la pena, al menos hasta el otro diciembre, y nadie se quedaba despierto después de las ocho. Pero el año en que vino el señor Herbert el mar no se alteró, ni siquiera en febrero. Al contrario, se hizo cada vez más liso y fosforescente, y en las primeras noches de marzo exhaló una fragancia de rosas.

Tobías la sintió. Tenía la sangre dulce para los cangrejos y se pasaba la mayor parte de la noche espantándolos de la cama, hasta que volteaba la brisa y conseguía dormir. En sus largos insomnios había aprendido a distinguir todo cambio del aire. De modo que cuando sintió un olor de rosas no tuvo que abrir la puerta para saber que era un olor del mar.

Se levantó tarde. Clotilde estaba prendiendo fuego en el patio. La brisa era fresca y todas las estrellas estaban en su puesto, pero costaba trabajo contarlas hasta el horizonte a causa de las luces del mar. Después de tomar café, Tobías sintió un rastro de la noche en el paladar.

—Anoche —recordó— sucedió algo muy raro.

Clotilde, por supuesto, no lo había sentido. Dormía de un modo tan pesado que ni siquiera recordaba los sueños.

—Era un olor de rosas —dijo Tobías—, y estoy seguro que venía del mar.

—No sé a qué huelen las rosas —dijo Clotilde.

Tal vez fuera cierto. El pueblo era árido, con un suelo duro, cuarteado por el salitre, y sólo de vez en cuando alguien traía de otra parte un ramo de flores para tirarlo al mar en el sitio donde se echaban los muertos.

—Es el mismo olor que tenía el ahogado de Guacamayal —dijo Tobías.

—Bueno —sonrió Clotilde—, pues si era un buen olor, puedes estar seguro que no venía de este mar.

Era, en efecto, un mar cruel. En ciertas épocas, mientras las redes no arrastraban sino basura en suspensión, las calles del pueblo quedaban llenas de pescados muertos cuando se retiraba la marea. La dinamita sólo sacaba a flote los restos de antiguos naufragios.

Las escasas mujeres que quedaban en el pueblo, como Clotilde, se cocinaban en el rencor. Y como ella, la esposa del viejo Jacob, que aquella mañana se levantó más temprano que de costumbre, puso la casa en orden, y llegó al desayuno con una expresión de adversidad.

—Mi última voluntad —dijo a su esposo— es que me entierren viva.

Lo dijo como si estuviera en su lecho de agonizante, pero estaba sentada al extremo de la mesa, en un comedor con grandes ventanas por donde entraba a chorros y se metía por toda la casa la claridad de marzo. Frente a ella, apacentando su hambre reposada, estaba el viejo Jacob, un hombre que la quería tanto y desde hacía tanto tiempo, que ya no podía concebir ningún sufrimiento que no tuviera origen en su mujer.

—Quiero morirme con la seguridad de que me pondrán bajo tierra, como a la gente decente —prosiguió ella—. Y la única manera de saberlo es yéndome a otra parte a rogar la caridad de que me entierren viva.

—No tienes que rogárselo a nadie —dijo con mucha calma el viejo Jacob—. He de llevarte yo mismo.

—Entonces nos vamos —dijo ella—, porque voy a morirme muy pronto.

El viejo Jacob la examinó a fondo. Sólo sus ojos permanecían jóvenes. Los huesos se le habían hecho nudos en las articulaciones y tenía el mismo aspecto de tierra arrasada que al fin y al cabo había tenido siempre.

—Estás mejor que nunca —le dijo.

—Anoche —suspiró ella— sentí un olor de rosas.

—No te preocupes —la tranquilizó el viejo Jacob—. Ésas son cosas que nos suceden a los pobres.

—Nada de eso —dijo ella—. Siempre he rogado que se me anuncie la muerte con la debida anticipación, para morirme lejos de este mar. Un olor de rosas, en este pueblo, no puede ser sino un aviso de Dios.

Al viejo Jacob no se le ocurrió nada más que pedirle un poco de tiempo para arreglar las cosas. Había oído decir que la gente no se muere cuando debe, sino cuando quiere, y estaba seriamente preocupado por la premonición de su mujer. Hasta se preguntó si llegado el momento tendría valor para enterrarla viva.

A las nueve abrió el local donde hubo antes una tienda. Puso en la puerta dos sillas y una mesita con el tablero de damas, y estuvo toda la mañana jugando con adversarios ocasionales. Desde su puesto veía el pueblo en ruinas, las casas desportilladas con rastros de antiguos colores carcomidos por el sol, y un pedazo de mar al final de la calle.

Antes del almuerzo, como siempre, jugó con don Máximo Gómez. El viejo Jacob no podía imaginar un adversario más humano que un hombre que había sobrevivido intacto a dos guerras civiles y sólo había dejado un ojo en la tercera. Después de perder adrede una partida, lo retuvo para otra.

—Dígame una cosa don Máximo —le preguntó entonces—: ¿Usted sería capaz de enterrar viva a su esposa?

—Seguro —dijo don Máximo Gómez—. Créame usted que no me temblaría la mano.

El viejo Jacob hizo un silencio asombrado. Luego, habiéndose dejado despojar de sus mejores fichas, suspiró:

—Es que, según parece, Petra se va a morir.

Don Máximo Gómez no se inmutó. «En ese caso —dijo— no tiene necesidad de enterrarla viva.» Comió dos fichas y coronó una dama. Después fijó en su adversario un ojo humedecido por un agua triste.

—¿Qué le pasa?

—Anoche —explicó el viejo Jacob— sintió un olor de rosas.

—Entonces se va a morir medio pueblo —dijo don Máximo Gómez—. Esta mañana no se oyó hablar de otra cosa.

El viejo Jacob tuvo que hacer un grande esfuerzo para perder de nuevo sin ofenderlo. Guardó la mesa y las sillas, cerró la tienda, y anduvo por todas partes en busca de alguien que hubiera sentido el olor. Al final, sólo Tobías estaba seguro. De modo que le pidió el favor de pasar por su casa, como haciéndose el encontradizo, y de contarle todo a su mujer.

Tobías cumplió. A las cuatro, arreglado como para hacer una visita, apareció en el corredor donde la esposa había pasado la tarde componiéndole al viejo Jacob su ropa de viudo.

Hizo una entrada tan sigilosa que la mujer se sobresaltó.

—Dios Santo —exclamó—, creí que era el arcángel Gabriel.

—Pues fíjese que no —dijo Tobías—. Soy yo, y vengo a contarle una cosa.

Ella se acomodó los lentes y volvió al trabajo.

—Ya sé qué es —dijo.

—A que no —dijo Tobías.

—Que anoche sentiste un olor de rosas.

—¿Cómo lo supo? —preguntó Tobías, desolado.

—A mi edad —dijo la mujer— se tiene tanto tiempo para pensar, que uno termina por volverse adivino.

El viejo Jacob, que tenía la oreja puesta contra el tabique de la trastienda, se enderezó avergonzado.

—Cómo te parece, mujer —gritó a través del tabique. Dio la vuelta y apareció en el corredor—. Entonces no era lo que tú creías.

—Son mentiras de este muchacho —dijo ella sin levantar la cabeza—. No sintió nada.

—Fue como a las once —dijo Tobías—, y yo estaba espantando cangrejos.

La mujer terminó de remendar un cuello.

—Mentiras —insistió—. Todo el mundo sabe que eres un embustero. —Cortó el hilo con los dientes y miró a Tobías por encima de los anteojos—. Lo que no entiendo es que te hayas tomado el trabajo de untarte vaselina en el pelo, y de lustrar los zapatos, nada más que para venir a faltarme al respeto.

Desde entonces empezó Tobías a vigilar el mar. Colgaba la hamaca en el corredor del patio y se pasaba la noche esperando, asombrado de las cosas que ocurren en el mundo mientras la gente duerme. Durante muchas noches oyó el garrapateo desesperado de los cangrejos tratando de subirse por los horcones, hasta que pasaron tantas noches que se cansaron de insistir. Conoció el modo de dormir de Clotilde. Descubrió cómo sus ronquidos de flauta se fueron haciendo más agudos a medida que aumentaba el calor, hasta convertirse en una sola nota lánguida en el sopor de julio.

Al principio Tobías vigiló el mar como lo hacen quienes lo conocen bien, con la mirada fija en un solo punto del horizonte. Lo vio cambiar de color. Lo vio apagarse y volverse espumoso y sucio, y lanzar sus eructos cargados de desperdicios cuando las grandes lluvias revolvieron su digestión tormentosa. Poco a poco fue aprendiendo a vigilarlo como lo hacen quienes lo conocen mejor, sin mirarlo siquiera pero sin poder olvidarlo ni siquiera en el sueño.

En agosto murió la esposa del viejo Jacob. Amaneció muerta en la cama y tuvieron que echarla como a todo el mundo en un mar sin flores. Tobías siguió esperando. Había esperado tanto, que aquello se convirtió en su manera de ser. Una noche, mientras dormitaba en la hamaca, se dio cuenta de que algo había cambiado en el aire. Fue una ráfaga intermitente, como en los tiempos en que el barco japonés vació a la entrada del puerto un cargamento de cebollas podridas. Luego el olor se consolidó y no volvió a moverse hasta el amanecer. Sólo cuando tuvo la impresión de que podía agarrarlo con las manos para mostrarlo, Tobías saltó de la hamaca y entró en el cuarto de Clotilde. La sacudió varias veces.

—Ahí está —le dijo.

Clotilde tuvo que apartar el olor con los dedos como una telaraña para poder incorporarse. Luego volvió a derrumbarse en el lienzo templado.

—Maldito sea —dijo.

Tobías dio un salto hasta la puerta, salió a la mitad de la calle y empezó a gritar. Gritó con todas sus fuerzas, respiró hondo y volvió a gritar, y luego hizo un silencio y respiró más hondo, y todavía el olor estaba en el mar. Pero nadie respondió. Entonces se fue golpeando de casa en casa, inclusive en las casas de nadie, hasta que su alboroto se enredó con el de los perros y despertó a todo el mundo.

Muchos no lo sintieron. Pero otros, y en especial los viejos, bajaron a gozarlo en la playa. Era una fragancia compacta que no dejaba resquicio para ningún olor del pasado. Algunos, agotados de tanto sentir, regresaron a casa. La mayoría se quedó a terminar el sueño en la playa. Al amanecer el olor era tan puro que daba lástima respirar.

Tobías durmió casi todo el día. Clotilde lo alcanzó en la siesta y pasaron la tarde retozando en la cama sin cerrar la puerta del patio. Hicieron primero como las lombrices, después como los conejos y por último como las tortugas, hasta que el mundo se puso triste y volvió a oscurecer. Todavía quedaban rastros de rosas en el aire. A veces llegaba hasta el cuarto una onda de música.

—Es donde Catarino —dijo Clotilde—. Debe haber venido alguien.

Habían venido tres hombres y una mujer. Catarino pensó que más tarde podían venir otros y trató de componer la ortofónica. Como no pudo, le pidió el favor a Pancho Aparecido, que hacía toda clase de cosas porque nunca tenía nada que hacer y además tenía una caja de herramientas y unas manos inteligentes.

La tienda de Catarino era una apartada casa de madera frente al mar. Tenía un salón grande con asientos y mesitas, y varios cuartos al fondo. Mientras observaban el trabajo de Pancho Aparecido, los tres hombres y la mujer bebían en silencio sentados en el mostrador, y bostezaban por turnos.

La ortofónica funcionó bien después de muchas pruebas. Al oír la música, remota pero definida, la gente dejó de conversar. Se miraron unos a otros y por un momento no tuvieron nada que decir, porque sólo entonces se dieron cuenta de cuánto habían envejecido desde la última vez en que oyeron música.

Tobías encontró a todo el mundo despierto después de las nueve. Estaban sentados a la puerta escuchando los viejos discos de Catarino, en la misma actitud de fatalismo pueril con que se contempla un eclipse. Cada disco les recordaba a alguien que había muerto, el sabor que tenían los alimentos después de una larga enfermedad, o algo que debían hacer al día siguiente, muchos años antes, y que nunca hicieron por olvido.

La música se acabó hacia las once. Muchos se acostaron, creyendo que iba a llover, porque había una nube oscura sobre el mar. Pero la nube bajó, estuvo flotando un rato en la superficie, y luego se hundió en el agua. Arriba sólo quedaron las estrellas. Poco después, la brisa del pueblo fue hasta el centro del mar y trajo de regreso una fragancia de rosas.

—Ya se lo dije, Jacob —exclamó don Máximo Gómez—. Aquí lo tenemos otra vez. Estoy seguro de que ahora lo sentiremos todas las noches.

—Ni Dios lo quiera —dijo el viejo Jacob—. Este olor es la única cosa en la vida que me ha llegado demasiado tarde.

Habían jugado a las damas en la tienda vacía sin prestar atención a los discos. Sus recuerdos eran tan antiguos, que no existían discos suficientemente viejos para removerlos.

—Yo, por mi parte, no creo mucho en nada de esto —dijo don Máximo Gómez—. Después de tantos años comiendo tierra, con tantas mujeres deseando un patiecito donde sembrar sus flores, no es raro que uno termine por sentir estas cosas, y hasta por creer que son ciertas.

—Pero lo estamos sintiendo con nuestras propias narices —dijo el viejo Jacob.

—No importa —dijo don Máximo Gómez—. Durante la guerra, cuando ya la revolución estaba perdida, habíamos deseado tanto un general, que vimos aparecer al duque de Marlborough, en carne y hueso. Yo lo vi con mis propios ojos, Jacob.

Eran más de las doce. Cuando quedó solo, el viejo Jacob cerró la tienda y llevó la luz al dormitorio.

A través de la ventana, recortada en la fosforescencia del mar, veía la roca desde donde botaban los muertos.

—Petra —llamó en voz baja.

Ella no pudo oírlo. En aquel momento navegaba casi a flor de agua en un mediodía radiante del golfo de Bengala. Había levantado la cabeza para ver a través del agua, como en una vidriera iluminada, un trasatlántico enorme. Pero no podía ver a su esposo, que en ese instante empezaba a oír de nuevo la ortofónica de Catarino, al otro lado del mundo.

—Date cuenta —dijo el viejo Jacob—. Hace apenas seis meses te creyeron loca, y ahora ellos mismos hacen fiesta con el olor que te causó la muerte.

Apagó la luz y se metió en la cama. Lloró despacio, con el llantito sin gracia de los viejos, pero muy pronto se quedó dormido.

—Me largaría de este pueblo si pudiera —sollozó entre sueños—. Me iría al puro carajo si por lo menos tuviera veinte pesos juntos.

Desde aquella noche, y por varias semanas, el olor permaneció en el mar. Impregnó la madera de las casas, los alimentos y el agua de beber, y ya no hubo dónde estar sin sentirlo. Muchos se asustaron de encontrarlo en el vapor de su propia cagada. Los hombres y la mujer que vinieron a la tienda de Catarino se fueron un viernes, pero regresaron al sábado con un tumulto. El domingo vinieron más. Hormiguearon por todas partes buscando qué comer y dónde dormir, hasta que no se pudo caminar por la calle.

Vinieron más. Las mujeres que se habían ido cuando se murió el pueblo, volvieron a la tienda de Catarino. Estaban más gordas y más pintadas, y trajeron discos de moda que no le recordaban nada a nadie. Vinieron algunos de los antiguos habitantes del pueblo. Habían ido a pudrirse de plata en otra parte, y regresaban hablando de su fortuna, pero con la misma ropa que se llevaron puesta. Vinieron músicas y tómbolas, mesas de lotería, adivinas y pistoleros y hombres con una culebra enrollada en el cuello que vendían el elixir de la vida eterna. Siguieron viniendo durante varias semanas, aun después de que cayeran las primeras lluvias y el mar se volvió turbio y desapareció el olor.

Entre los últimos llegó un cura. Andaba por todas partes, comiendo pan mojado en un tazón de café con leche, y poco a poco iba prohibiendo todo lo que le había precedido: los juegos de lotería, la música nueva y el modo de bailarla, y hasta la reciente costumbre de dormir en la playa. Una tarde, en casa de Melchor, pronunció un sermón sobre el olor del mar.

—Dad gracias al cielo, hijos míos —dijo—, porque éste es el olor de Dios.

Alguien lo interrumpió.

—Cómo puede saberlo, padre, si todavía no lo ha sentido.

—Las Sagradas Escrituras —dijo él— son explícitas respecto a este olor. Estamos en un pueblo elegido.

Tobías andaba como un sonámbulo, de un lado a otro, en medio de la fiesta. Llevó a Clotilde a conocer el dinero. Imaginaron que jugaban sumas enormes en la ruleta, y luego hicieron las cuentas y se sintieron inmensamente ricos con la plata que hubieran podido ganar. Pero una noche, no sólo ellos, sino la muchedumbre que ocupaba el pueblo, vieron mucho más dinero junto del que hubiera podido caberles en la imaginación.

Ésa fue la noche en que vino el señor Herbert. Apareció de pronto, puso una mesa en la mitad de la calle, y encima de la mesa dos grandes baúles llenos de billetes hasta los bordes. Había tanto dinero, que al principio nadie lo advirtió, porque no podían creer que fuera cierto. Pero como el señor Herbert se puso a tocar una campanilla, la gente terminó por creerle, y se acercó a escuchar.

—Soy el hombre más rico de la tierra —dijo—. Tengo tanto dinero que ya no encuentro dónde meterlo. Y como además tengo un corazón tan grande que ya no me cabe dentro del pecho, he tomado la determinación de recorrer el mundo resolviendo los problemas del género humano.

Era grande y colorado. Hablaba alto y sin pausas, y movía al mismo tiempo unas manos tibias y lánguidas que siempre parecían acabadas de afeitar. Habló durante un cuarto de hora, y descansó. Luego volvió a sacudir la campanilla y empezó a hablar de nuevo. A mitad del discurso, alguien agitó un sombrero entre la muchedumbre y lo interrumpió:

—Bueno, Mister, no hable tanto y empiece a repartir la plata.

—Así no —replicó el señor Herbert—. Repartir el dinero, sin ton ni son, además de ser un método injusto, no tendría ningún sentido.

Localizó con la vista al que lo había interrumpido y le indicó que se acercara. La multitud le abrió paso.

—En cambio —prosiguió el señor Herbert—, este impaciente amigo nos va a permitir ahora que expliquemos el más equitativo sistema de distribución de la riqueza.

Extendió una mano y lo ayudó a subir.

—¿Cómo te llamas?

—Patricio.

—Muy bien, Patricio —dijo el señor Herbert—. Como todo el mundo, tú tienes desde hace tiempo un problema que no puedes resolver.

Patricio se quitó el sombrero y confirmó con la cabeza.

—¿Cuál es?

—Pues mi problema es ése —dijo Patricio—: que no tengo plata.

—¿Y cuánto necesitas?

—Cuarenta y ocho pesos.

El señor Herbert lanzó una exclamación de triunfo. «Cuarenta y ocho pesos», repitió; la multitud lo acompañó en un aplauso.

—Muy bien, Patricio —prosiguió el señor Herbert—. Ahora dinos una cosa: ¿qué sabes hacer?

—Muchas cosas.

—Decídete por una —dijo el señor Herbert—. La que hagas mejor.

—Bueno —dijo Patricio—. Sé hacer como los pájaros.

Otra vez aplaudiendo, el señor Herbert se dirigió a la multitud.

—Entonces, señoras y señores, nuestro amigo Patricio, que imita extraordinariamente bien a los pájaros, va a imitar a cuarenta y ocho pájaros diferentes, y a resolver en esa forma el gran problema de su vida.

En medio del silencio asombrado de la multitud, Patricio hizo entonces como los pájaros. A veces silbando, a veces con la garganta, hizo como todos los pájaros conocidos, y completó la cifra con otros que nadie logró identificar. Al final, el señor Herbert pidió un aplauso y le entregó cuarenta y ocho pesos.

—Y ahora —dijo— vayan pasando uno por uno. Hasta mañana a esta misma hora estoy aquí para resolver problemas.

El viejo Jacob estuvo enterado del revuelo por los comentarios de la gente que pasaba frente a su casa. A cada nueva noticia el corazón se le iba poniendo grande, cada vez más grande, hasta que lo sintió reventar.

—¿Qué opina usted de este gringo? —preguntó.

Don Máximo Gómez se encogió de hombros.

—Debe ser un filántropo.

—Si yo supiera hacer algo —dijo el viejo Jacob— ahora podría resolver mi problemita. Es cosa de poca monta: veinte pesos.

—Usted juega muy bien a las damas —dijo don Máximo Gómez.

El viejo Jacob no pareció prestarle atención. Pero cuando quedó solo, envolvió el tablero y la caja de fichas en un periódico, y se fue a desafiar al señor Herbert. Esperó su turno hasta la media noche. Por último, el señor Herbert hizo cargar los baúles, y se despidió hasta la mañana siguiente.

No fue a acostarse. Apareció en la tienda de Catarino, con los hombres que llevaban los baúles, y hasta allá lo persiguió la multitud con sus problemas. Poco a poco los fue resolviendo, y resolvió tantos que por fin sólo quedaron en la tienda las mujeres y algunos hombres con sus problemas resueltos. Y al fondo del salón, una mujer solitaria que se abanicaba muy despacio con un cartón de propaganda.

—Y tú —le gritó el señor Herbert—, ¿cuál es tu problema?

La mujer dejó de abanicarse.

—A mí no me meta en su fiesta, míster —gritó a través del salón—. Yo no tengo problemas de ninguna clase, y soy puta porque me sale de los cojones.

El señor Herbert se encogió de hombros. Siguió bebiendo cerveza helada, junto a los baúles abiertos, en espera de otros problemas. Sudaba. Poco después, una mujer se separó del grupo que la acompañaba en la mesa, y le habló en voz muy baja. Tenía un problema de quinientos pesos.

—¿A cómo estás? —le preguntó el señor Herbert.

—A cinco.

—Imagínate —dijo el señor Herbert—. Son cien hombres.

—No importa —dijo ella—. Si consigo toda esa plata junta, éstos serán los últimos cien hombres de mi vida.

La examinó. Era muy joven, de huesos frágiles, pero sus ojos expresaban una decisión simple.

—Está bien —dijo el señor Herbert—. Vete para el cuarto, que allá te los voy mandando, cada uno con sus cinco pesos.

Salió a la puerta de la calle y agitó la campanilla. A las siete de la mañana, Tobías encontró abierta la tienda de Catarino. Todo estaba apagado. Medio dormido, e hinchado de cerveza, el señor Herbert controlaba el ingreso de hombres al cuarto de la muchacha.

Tobías también entró. La muchacha lo conocía y se sorprendió de verlo en su cuarto.

—¿Tú también?

—Me dijeron que entrara —dijo Tobías—. Me dieron cinco pesos y me dijeron: no te demores.

Ella quitó de la cama la sábana empapada y le pidió a Tobías que la tuviera de un lado. Pesaba como un lienzo. La exprimieron, torciéndola por los extremos, hasta que recobró su peso natural. Voltearon el colchón, y el sudor salía del otro lado. Tobías hizo las cosas de cualquier modo. Antes de salir puso los cinco pesos en el montón de billetes que iba creciendo junto a la cama.

—Manda toda la gente que puedas —le recomendó el señor Herbert—, a ver si salimos de esto antes del mediodía.

La muchacha entreabrió la puerta y pidió una cerveza helada. Había varios hombres esperando.

—¿Cuántos faltan? —preguntó.

—Sesenta y tres —contestó el señor Herbert.

El viejo Jacob pasó todo el día persiguiéndolo con el tablero. Al anochecer alcanzó su turno, planteó su problema, y el señor Herbert aceptó. Pusieron dos sillas y la mesita sobre la mesa grande, en plena calle, y el viejo Jacob abrió la partida. Fue la última jugada que logró premeditar. Perdió.

—Cuarenta pesos —dijo el señor Herbert, y le dio dos fichas de ventaja.

Volvió a ganar. Sus manos apenas tocaban las fichas. Jugó vendado, adivinando la posición del adversario, y siempre ganó. La multitud se cansó de verlos. Cuando el viejo Jacob decidió rendirse, estaba debiendo cinco mil setecientos cuarenta y dos pesos con veintitrés centavos.

No se alteró. Apuntó la cifra en un papel que se guardó en el bolsillo. Luego dobló el tablero, metió las fichas en la caja, y envolvió todo en el periódico.

—Haga de mí lo que quiera —dijo—, pero déjeme estas cosas. Le prometo que pasaré jugando el resto de mi vida hasta reunirle esta plata.

El señor Herbert miró el reloj.

—Lo siento en el alma —dijo—. El plazo vence dentro de veinte minutos. —Esperó hasta convencerse de que el adversario no encontraba solución—. ¿No tiene nada más?

—El honor.

—Quiero decir —explicó el señor Herbert— algo que cambie de color cuando se le pase por encima una brocha sucia de pintura.

—La casa —dijo el viejo Jacob como si descifrara una adivinanza—. No vale nada, pero es una casa.

Fue así como el señor Herbert se quedó con la casa del viejo Jacob. Se quedó, además, con las casas y propiedades de otros que tampoco pudieron cumplir, pero ordenó una semana de músicas, cohetes y maromeros y él mismo dirigió la fiesta.

Fue una semana memorable. El señor Herbert habló del maravilloso destino del pueblo, y hasta dibujó la ciudad del futuro, con inmensos edificios de vidrio y pistas de baile en las azoteas. La mostró a la multitud. Miraron asombrados, tratando de encontrarse en los transeúntes de colores pintados por el señor Herbert, pero estaban tan bien vestidos que no lograron reconocerse. Les dolió el corazón de tanto usarlo. Se rieron de las ganas de llorar que sentían en octubre, y vivieron en las nebulosas de la esperanza, hasta que el señor Herbert sacudió la campanilla y proclamó el término de la fiesta. Sólo entonces descansó.

—Se va a morir con esa vida que lleva —dijo el viejo Jacob.

—Tengo tanto dinero —dijo el señor Herbert— que no hay ninguna razón para que me muera.

Se derrumbó en la cama. Durmió días y días, roncando como un león, y pasaron tantos días que la gente se cansó de esperarlo. Tuvieron que desenterrar cangrejos para comer. Los nuevos discos de Catarino se volvieron tan viejos, que ya nadie pudo escucharlos sin lágrimas, y hubo que cerrar la tienda.

Mucho tiempo después de que el señor Herbert empezó a dormir, el padre llamó a la puerta del viejo Jacob. La casa estaba cerrada por dentro. A medida que la respiración del dormido había ido gastándose el aire, las cosas habían ido perdiendo su peso, y algunas empezaban a flotar.

—Quiero hablar con él —dijo el padre.

—Hay que esperar —dijo el viejo Jacob.

—No dispongo de mucho tiempo.

—Siéntese, padre, y espere —insistió el viejo Jacob—. Y mientras tanto, hágame el favor de hablar conmigo. Hace mucho que no sé nada del mundo.

—La gente está en desbandada —dijo el padre—. Dentro de poco, el pueblo será el mismo de antes. Eso es lo único nuevo.

—Volverán —dijo el viejo Jacob— cuando el mar vuelva a oler a rosas.

—Pero mientras tanto, hay que sostener con algo la ilusión de los que se quedan —dijo el padre—. Es urgente empezar la construcción del templo.

—Por eso ha venido a buscar a Mister Herbert —dijo el viejo Jacob.

—Eso es —dijo el padre—. Los gringos son muy caritativos.

—Entonces espere, padre —dijo el viejo Jacob—. Puede que despierte.

Jugaron a las damas. Fue una partida larga y difícil, de muchos días, pero el señor Herbert no despertó.

El padre se dejó confundir por la desesperación.

Anduvo por todas partes, con un platillo de cobre, pidiendo limosnas para construir el templo, pero fue muy poco lo que consiguió. De tanto suplicar se fue haciendo cada vez más diáfano, sus huesos empezaron a llenarse de ruidos, y un domingo se elevó a dos cuartas sobre el nivel del suelo, pero nadie lo supo. Entonces puso la ropa en una maleta, y en otra el dinero recogido, y se despidió para siempre.

—No volverá el olor —dijo a quienes trataron de disuadirlo—. Hay que afrontar la evidencia de que el pueblo ha caído en pecado mortal.

Cuando el señor Herbert despertó, el pueblo era el mismo de antes. La lluvia había fermentado la basura que dejó la muchedumbre en las calles, y el suelo era otra vez árido y duro como un ladrillo.

—He dormido mucho —bostezó el señor Herbert.

—Siglos —dijo el viejo Jacob.

—Estoy muerto de hambre.

—Todo el mundo está así —dijo el viejo Jacob—. No tiene otro remedio que ir a la playa a desenterrar cangrejos.

Tobías lo encontró escarbando en la arena, con la boca llena de espuma, y se asombró de que los ricos con hambre se parecieran tanto a los pobres. El señor Herbert no encontró suficientes cangrejos. Al atardecer, invitó a Tobías a buscar algo que comer en el fondo del mar.

—Oiga —lo previno Tobías—. Sólo los muertos saben lo que hay allá adentro.

—También lo saben los científicos —dijo el señor Herbert—. Más abajo del mar de los naufragios hay tortugas de carne exquisita. Desvístase y vámonos.

Fueron. Nadaron primero en línea recta, y luego

hacia abajo, muy hondo, hasta donde se acabó la luz del sol, y luego la del mar, y las cosas eran sólo visibles por su propia luz. Pasaron frente a un pueblo sumergido, con hombres y mujeres de a caballo, que giraban en torno al quiosco de la música. Era un día espléndido y había flores de colores vivos en las terrazas.

—Se hundió un domingo, como a las once de la mañana —dijo el señor Herbert—. Debió ser un cataclismo.

Tobías se desvió hacia el pueblo, pero el señor Herbert le hizo señas de seguirlo hasta el fondo.

—Allí hay rosas —dijo Tobías—. Quiero que Clotilde las conozca.

—Otro día vuelves con calma —dijo el señor Herbert—. Ahora estoy muerto de hambre.

Descendía como un pulpo, con brazadas largas y sigilosas. Tobías, que hacía esfuerzos por no perderlo de vista, pensó que aquél debía ser el modo de nadar de los ricos. Poco a poco fueron dejando el mar de las catástrofes comunes y entraron en el mar de los muertos.

Había tantos, que Tobías no creyó haber visto nunca tanta gente en el mundo. Flotaban inmóviles, bocarriba, a diferentes niveles, y todos tenían la expresión de los seres olvidados.

—Son muertos muy antiguos —dijo el señor Herbert—. Han necesitado siglos para alcanzar este estado de reposo.

Más abajo, en aguas de muertos recientes, el señor Herbert se detuvo. Tobías lo alcanzó en el instante en que pasaba frente a ellos una mujer muy joven. Flotaba de costado, con los ojos abiertos, perseguida por una corriente de flores.

El señor Herbert se puso el índice en la boca y permaneció así hasta que pasaron las últimas flores.

—Es la mujer más hermosa que he visto en mi vida —dijo.

—Es la esposa del viejo Jacob —dijo Tobías—. Está como cincuenta años más joven, pero es ella. Seguro.

—Ha viajado mucho —dijo el señor Herbert—. Lleva detrás la flora de todos los mares del mundo.

Llegaron al fondo. El señor Herbert dio varias vueltas sobre el suelo que parecía de pizarra labrada. Tobías lo siguió. Sólo cuando se acostumbró a la penumbra de la profundidad, descubrió que allí estaban las tortugas. Había millares, aplanadas en el fondo, y tan inmóviles que parecían petrificadas.

—Están vivas —dijo el señor Herbert—, pero duermen desde hace millones de años.

Volteó una. Con un impulso suave la empujó hacia arriba, y el animal dormido se le escapó de las manos y siguió subiendo a la deriva. Tobías la dejó pasar. Entonces miró hacia la superficie y vio todo el mar al revés.

—Parece un sueño —dijo.

—Por tu propio bien —le dijo el señor Herbert— no se lo cuentes a nadie. Imagínate el desorden que habría en el mundo si la gente se enterara de estas cosas.

Era casi media noche cuando volvieron al pueblo. Despertaron a Clotilde para que calentara el agua. El señor Herbert degolló la tortuga, pero entre los tres tuvieron que perseguir y matar otra vez el corazón, que salió dando saltos por el patio cuando la descuartizaron. Comieron hasta no poder respirar.

—Bueno, Tobías —dijo entonces el señor Herbert—, hay que afrontar la realidad.

—Por supuesto.

—Y la realidad —prosiguió el señor Herbert— es que ese olor no volverá nunca.

—Volverá.

—No volverá —intervino Clotilde—, entre otras cosas porque no ha venido nunca. Fuiste tú el que embulló a todo el mundo.

—Tú misma lo sentiste —dijo Tobías.

—Aquella noche estaba medio atarantada —dijo Clotilde—. Pero ahora no estoy segura de nada que tenga que ver con este mar.

—De modo que me voy —dijo el señor Herbert. Y agregó, dirigiéndose a ambos—: También ustedes debían irse. Hay muchas cosas que hacer en el mundo para que se queden pasando hambre en este pueblo.

Se fue. Tobías permaneció en el patio, contando las estrellas hasta el horizonte, y descubrió que había tres más desde el diciembre anterior. Clotilde lo llamó al cuarto, pero él no le puso atención.

—Ven para acá, bruto —insistió Clotilde—. Hace siglos que no hacemos como los conejitos.

Tobías esperó un largo rato. Cuando por fin entró, ella había vuelto a dormirse. La despertó a medias, pero estaba tan cansado, que ambos confundieron las cosas y en últimas sólo pudieron hacer como las lombrices.

—Estás embobado —dijo Clotilde de mal humor—. Trata de pensar en otra cosa.

—Estoy pensando en otra cosa.

Ella quiso saber qué era, y él decidió contarle a condición de que no lo repitiera. Clotilde lo prometió.

—En el fondo del mar —dijo Tobías— hay un pueblo de casitas blancas con millones de flores en las terrazas.

Clotilde se llevó las manos a la cabeza.

—Ay, Tobías —exclamó—. Ay, Tobías, por el amor de Dios, no vayas a empezar ahora otra vez con estas cosas.

Tobías no volvió a hablar. Se rodó hasta la orilla de la cama y trató de dormir. No pudo hacerlo hasta el amanecer, cuando cambió la brisa y lo dejaron tranquilo los cangrejos.

EL AHOGADO MÁS HERMOSO DEL MUNDO

(1968)

Los primeros niños que vieron el promontorio oscuro y sigiloso que se acercaba por el mar, se hicieron la ilusión de que era un barco enemigo. Después vieron que no llevaba banderas ni arboladura, y pensaron que fuera una ballena. Pero cuando quedó varado en la playa le quitaron los matorrales de sargazos, los filamentos de medusas y los restos de cardúmenes y naufragios que llevaba encima, y sólo entonces descubrieron que era un ahogado.

Habían jugado con él toda la tarde, enterrándolo y desenterrándolo en la arena, cuando alguien los vio por casualidad y dio la voz de alarma en el pueblo. Los hombres que lo cargaron hasta la casa más próxima notaron que pesaba más que todos los muertos conocidos, casi tanto como un caballo, y se dijeron que tal vez había estado demasiado tiempo a la deriva y el agua se le había metido dentro de los huesos. Cuando lo tendieron en el suelo vieron que había sido mucho más grande que todos los hombres, pues apenas si cabía en la casa, pero pensaron que tal vez la facultad de seguir creciendo después de la muerte estaba en la naturaleza de ciertos ahogados. Tenía el olor del mar, y sólo la forma permitía suponer que era el cadáver de un ser humano, porque su piel estaba revestida de una coraza de rémora y de lodo.

No tuvieron que limpiarle la cara para saber que era un muerto ajeno. El pueblo tenía apenas unas veinte casas de tablas, con patios de piedras sin flores, desperdigadas en el extremo de un cabo desértico. La tierra era tan escasa, que las madres andaban siempre con el temor de que el viento se llevara a los niños, y a los pocos muertos que les iban causando los años tenían que tirarlos en los acantilados. Pero el mar era manso y pródigo, y todos los hombres cabían en siete botes. Así que cuando encontraron el ahogado les bastó con mirarse los unos a los otros para darse cuenta de que estaban completos.

Aquella noche no salieron a trabajar en el mar. Mientras los hombres averiguaban si no faltaba alguien en los pueblos vecinos, las mujeres se quedaron cuidando al ahogado. Le quitaron el lodo con tapones de esparto, le desenredaron del cabello los abrojos submarinos y le rasparon la rémora con fierros de desescamar pescados. A medida que lo hacían, notaron que su vegetación era de océanos remotos y de aguas profundas, y que sus ropas estaban en piltrafas, como si hubiera navegado por entre laberintos de corales. Notaron también que sobrellevaba la muerte con altivez, pues no tenía el semblante solitario de los otros ahogados del mar, ni tampoco la catadura sórdida y menesterosa de los ahogados fluviales. Pero solamente cuando acabaron de limpiarlo tuvieron conciencia de la clase de hombre que era, y entonces se quedaron sin aliento. No sólo era el más alto, el más fuerte, el más viril y el mejor armado que habían visto jamás, sino que todavía cuando lo estaban viendo no les cabía en la imaginación.

No encontraron en el pueblo una cama bastante grande para tenderlo ni una mesa bastante sólida para velarlo. No le vinieron los pantalones de fiesta de los hombres más altos, ni las camisas dominicales de los más corpulentos, ni los zapatos del mejor plantado. Fascinadas por su desproporción y su hermosura, las mujeres decidieron entonces hacerle unos pantalones con un buen pedazo de vela cangreja, y una camisa de bramante de novia, para que pudiera continuar su muerte con dignidad. Mientras cosían sentadas en círculo, contemplando el cadáver entre puntada y puntada, les parecía que el viento no había sido nunca tan tenaz ni el Caribe había estado nunca tan ansioso como aquella noche, y suponían que esos cambios tenían algo que ver con el muerto. Pensaban que si aquel hombre magnífico hubiera vivido en el pueblo, su casa habría tenido las puertas más anchas, el techo más alto y el piso más firme, y el bastidor de su cama habría sido de cuadernas maestras con pernos de hierro, y su mujer habría sido la más feliz. Pensaban que habría tenido tanta autoridad que hubiera sacado los peces del mar con sólo llamarlos por sus nombres, y habría puesto tanto empeño en el trabajo que hubiera hecho brotar manantiales de entre las piedras más áridas y hubiera podido sembrar flores en los acantilados. Lo compararon en secreto con sus propios hombres, pensando que no serían capaces de hacer en toda una vida lo que aquél era capaz de hacer en una noche, y terminaron por repudiarlos en el fondo de sus corazones como los seres más escuálidos y mezquinos de la tierra. Andaban extraviadas por estos dédalos de fantasía, cuando la más vieja de las mujeres, que por ser la más vieja había contemplado al ahogado con menos pasión que compasión, suspiró:

—Tiene cara de llamarse Esteban.

Era verdad. A la mayoría le bastó con mirarlo otra vez para comprender que no podía tener otro nombre. Las más porfiadas, que eran las más jóvenes, se mantuvieron con la ilusión de que al ponerle la ropa, tendido entre flores y con unos zapatos de charol, pudiera llamarse Lautaro. Pero fue una ilusión vana. El lienzo resultó escaso, los pantalones mal cortados y peor cosidos le quedaron estrechos, y las fuerzas ocultas de su corazón hacían saltar los botones de la camisa. Después de la medianoche se adelgazaron los silbidos del viento y el mar cayó en el sopor del miércoles. El silencio acabó con las últimas dudas: era Esteban. Las mujeres que lo habían vestido, las que lo habían peinado, las que le habían cortado las uñas y raspado la barba no pudieron reprimir un estremecimiento de compasión cuando tuvieron que resignarse a dejarlo tirado por los suelos. Fue entonces cuando comprendieron cuánto debió haber sido de infeliz con aquel cuerpo descomunal, si hasta después de muerto le estorbaba. Lo vieron condenado en vida a pasar de medio lado por las puertas, a descalabrarse con los travesaños, a permanecer de pie en las visitas sin saber qué hacer con sus tiernas y rosadas manos de buey de mar, mientras la dueña de la casa buscaba la silla más resistente y le suplicaba muerta de miedo siéntese aquí, Esteban, hágame el favor, y él recostado contra las paredes, sonriendo, no se preocupe, señora, así estoy bien, con los talones en carne viva y las espaldas escaldadas de tanto repetir lo mismo en todas las visitas, no se preocupe, señora, así estoy bien, sólo para no pasar por la vergüenza de desbaratar la silla, y acaso sin haber sabido nunca que quienes le decían no te vayas, Esteban, espérate siquiera hasta que hierva el café, eran los mismos que después susurraban ya se fue el bobo grande, qué bueno, ya se fue el tonto hermoso. Esto pensaban las mujeres frente al cadáver un poco antes del amanecer. Más tarde, cuando le taparon la cara con un pañuelo para que no le molestara la luz, lo vieron tan muerto para siempre, tan indefenso, tan parecido a sus hombres, que se les abrieron las primeras grietas de lágrimas en el corazón. Fue una de las más jóvenes la que empezó a sollozar. Las otras, alentándose entre sí, pasaron de los suspiros a los lamentos, y mientras más sollozaban más deseos sentían de llorar, porque el ahogado se les iba volviendo cada vez más Esteban, hasta que lo lloraron tanto que fue el hombre más desvalido de la tierra, el más manso y el más servicial, el pobre Esteban. Así que cuando los hombres volvieron con la noticia de que el ahogado no era tampoco de los pueblos vecinos, ellas sintieron un vacío de júbilo entre las lágrimas.

—¡Bendito sea Dios —suspiraron—: es nuestro!

Los hombres creyeron que aquellos aspavientos no eran más que frivolidades de mujer. Cansados de las tortuosas averiguaciones de la noche, lo único que querían era quitarse de una vez el estorbo del intruso antes de que prendiera el sol bravo de aquel día árido y sin viento. Improvisaron unas angarillas con restos de trinquetes y botavaras, y las amarraron con carlingas de altura, para que resistieran el peso del cuerpo hasta los acantilados. Quisieron encadenarle a los tobillos un ancla de buque mercante para que fondeara sin tropiezos en los mares más profundos donde los peces son ciegos y los buzos se mueren de nostalgia, de manera que las malas corrientes no fueran a devolverlo a la orilla, como había sucedido con otros cuerpos. Pero mientras más se apresuraban, más cosas se les ocurrían a las mujeres para perder el tiempo. Andaban como gallinas asustadas picoteando amuletos de mar en los arcones, unas estorbando aquí porque querían ponerle al ahogado los escapularios del buen viento, otras estorbando allá para abrocharle una pulsera de orientación, y al cabo de tanto quítate de ahí, mujer, ponte donde no estorbes, mira que casi me haces caer sobre el difunto, a los hombres se les subieron al hígado las suspicacias y empezaron a rezongar que con qué objeto tanta ferretería de altar mayor para un forastero, si por muchos estoperoles y calderetas que llevara encima se lo iban a masticar los tiburones, pero ellas seguían tripotando sus reliquias de pacotilla, llevando y trayendo, tropezando, mientras se les iba en suspiros lo que no se les iba en lágrimas, así que los hombres terminaron por despotricar que de cuándo acá semejante alboroto por un muerto al garete, un ahogado de nadie, un fiambre de mierda. Una de las mujeres, mortificada por tanta indolencia, le quitó entonces al cadáver el pañuelo de la cara, y también los hombres se quedaron sin aliento.

Era Esteban. No hubo que repetirlo para que lo reconocieran. Si les hubieran dicho Sir Walter Raleigh, quizás hasta ellos se habrían impresionado con su acento de gringo, con su guacamaya en el hombro, con su arcabuz de matar caníbales, pero Esteban solamente podía ser uno en el mundo, y allí estaba tirado como un sábalo, sin botines, con unos pantalones de sietemesino y esas uñas rocallosas que sólo podían cortarse a cuchillo. Bastó con que le quitaran el pañuelo de la cara para darse cuenta de que estaba avergonzado, de que no tenía la culpa de ser tan grande, ni tan pesado, ni tan hermoso, y si hubiera sabido que aquello iba a suceder habría buscado un lugar más discreto para ahogarse, en serio, me hubiera amarrado yo mismo un áncora de galeón en el cuello y hubiera trastabillado como quien no quiere la cosa por los acantilados, para no andar ahora estorbando con este muerto de miércoles, como ustedes dicen, para no molestar a nadie con esta porquería de fiambre que no tiene nada que ver conmigo. Había tanta verdad en su modo de estar, que hasta los hombres más suspicaces, los que sentían amargas las minuciosas noches del mar temiendo que sus mujeres se cansaran de soñar con ellos para soñar con los ahogados, hasta ésos, y otros más duros, se estremecieron en los tuétanos con la sinceridad de Esteban.

Fue así como le hicieron los funerales más espléndidos que podían concebirse para un ahogado expósito. Algunas mujeres que habían ido a buscar flores en los pueblos vecinos regresaron con otras que no creían lo que les contaban, y éstas se fueron por más flores cuando vieron al muerto, y llevaron más y más, hasta que hubo tantas flores y tanta gente que apenas si se podía caminar. A última hora les dolió devolverlo huérfano a las aguas, y le eligieron un padre y una madre entre los mejores, y otros se le hicieron hermanos, tíos y primos, así que a través de él todos los habitantes del pueblo terminaron por ser parientes entre sí. Algunos marineros que oyeron el llanto a la distancia perdieron la certeza del rumbo, y se supo de uno que se hizo amarrar al palo mayor, recordando antiguas fábulas de sirenas. Mientras se disputaban el privilegio de llevarlo en hombros por la pendiente escarpada de los acantilados, hombres y mujeres tuvieron conciencia por primera vez de la desolación de sus calles, la aridez de sus patios, la estrechez de sus sueños, frente al esplendor y la hermosura de su ahogado. Lo soltaron sin ancla, para que volviera si quería, y cuando lo quisiera, y todos retuvieron el aliento durante la fracción de siglos que demoró la caída del cuerpo hasta el abismo. No tuvieron necesidad de mirarse los unos a los otros para darse cuenta de que ya no estaban completos, ni volverían a estarlo jamás. Pero también sabían que todo sería diferente desde entonces, que sus casas iban a tener las puertas más anchas, los techos más altos, los pisos más firmes, para que el recuerdo de Esteban pudiera andar por todas partes sin tropezar con los travesaños, y que nadie se atreviera a susurrar en el futuro ya murió el bobo grande, qué lástima, ya murió el tonto hermoso, porque ellos iban a pintar las fachadas de colores alegres para eternizar la memoria de Esteban y se iban a romper el espinazo excavando manantiales en las piedras y sembrando flores en los acantilados, para que en los amaneceres de los años venturos los pasajeros de los grandes barcos despertaran sofocados por un olor de jardines en alta mar, y el capitán tuviera que bajar de su alcázar con su uniforme de gala, con su astrolabio, su estrella polar y su ristra de medallas de guerra, y señalando el promontorio de rosas en el horizonte del Caribe dijera en catorce idiomas, miren allá, donde el viento es ahora tan manso que se queda a dormir debajo de las camas, allá, donde el sol brilla tanto que no saben hacia dónde girar los girasoles, sí, allá, es el pueblo de Esteban.

MUERTE CONSTANTE MÁS ALLÁ DEL AMOR

(1970)

Al senador Onésimo Sánchez le faltaban seis meses y once días para morirse cuando encontró a la mujer de su vida. La conoció en el Rosal del Virrey, un pueblecito ilusorio que de noche era una dársena furtiva para los buques de altura de los contrabandistas, y en cambio a pleno sol parecía el recodo más inútil del desierto, frente a un mar árido y sin rumbos, y tan apartado de todo que nadie hubiera sospechado que allí viviera alguien capaz de torcer el destino de nadie. Hasta su nombre parecía una burla, pues la única rosa que se vio en aquel pueblo la llevó el propio senador Onésimo Sánchez la misma tarde en que conoció a Laura Farina.

Fue una escala ineludible en la campaña electoral de cada cuatro años. Por la mañana habían llegado los furgones de la farándula. Después llegaron los camiones con los indios de alquiler que llevaban por los pueblos para completar las multitudes de los actos públicos. Poco antes de las once, con la música y los cohetes y los camperos de la comitiva, llegó el automóvil ministerial del color del refresco de fresa. El senador Onésimo Sánchez estaba plácido y sin tiempo dentro del coche refrigerado, pero tan pronto como abrió la puerta lo estremeció un aliento de fuego y su camisa de seda natural quedó empapada de una sopa lívida, y se sintió muchos años más viejo y más solo que nunca. En la vida real acababa de cumplir 42, se había graduado con honores de ingeniero metalúrgico en Gotinga, y era un lector perseverante aunque sin mucha fortuna de los clásicos latinos mal traducidos. Estaba casado con una alemana radiante con quien tenía cinco hijos, y todos eran felices en su casa, y él había sido el más feliz de todos hasta que le anunciaron tres meses antes que estaría muerto para siempre en la próxima navidad.

Mientras se terminaban los preparativos de la manifestación pública, el senador logró quedarse solo una hora en la casa que le habían reservado para descansar. Antes de acostarse puso en el agua de beber una rosa natural que había conservado viva a través del desierto, almorzó con los cereales de régimen que llevaba consigo para eludir las repetidas fritangas de chivo que le esperaban en el resto del día, y se tomó varias píldoras analgésicas antes de la hora prevista, de modo que el alivio le llegara primero que el dolor. Luego puso el ventilador eléctrico muy cerca del chinchorro y se tendió desnudo durante quince minutos en la penumbra de la rosa, haciendo un grande esfuerzo de distracción mental para no pensar en la muerte mientras dormitaba. Aparte de los médicos, nadie sabía que estaba sentenciado a un término fijo, pues había decidido padecer a solas su secreto, sin ningún cambio de vida, y no por soberbia sino por pudor.

Se sentía con un dominio completo de su albedrío cuando volvió a aparecer en público a las tres de la tarde, reposado y limpio, con un pantalón de lino crudo y una camisa de flores pintadas, y con el alma entretenida por las píldoras para el dolor. Sin embargo, la erosión de la muerte era mucho más pérfida de lo que él suponía, pues al subir a la tribuna sintió un raro desprecio por quienes se disputaron la suerte de estrecharle la mano, y no se compadeció como en otros tiempos de las recuas de indios descalzos que apenas si podían resistir las brasas de caliches de la placita estéril. Acalló los aplausos con una orden de la mano, casi con rabia, y empezó a hablar sin gestos, con los ojos fijos en el mar que suspiraba de calor. Su voz pausada y honda tenía la calidad del agua en reposo, pero el discurso aprendido de memoria y tantas veces machacado no se le había ocurrido por decir la verdad sino por oposición a una sentencia fatalista del libro cuarto de los recuerdos de Marco Aurelio.

—Estamos aquí para derrotar la naturaleza —empezó, contra todas sus convicciones—. Ya no seremos más los expósitos de la patria, los huérfanos de Dios en el reino de la sed y la intemperie, los exiliados en nuestra propia tierra. Seremos otros, señoras y señores, seremos grandes y felices.

Eran las fórmulas de su circo. Mientras hablaba, sus ayudantes echaban al aire puñados de pajaritas de papel, y los falsos animales cobraban vida, revoloteaban sobre la tribuna de tablas, y se iban por el mar. Al mismo tiempo, otros sacaban de los furgones unos árboles de teatro con hojas de fieltro y los sembraban a espaldas de la multitud en el suelo de salitre. Por último armaron una fachada de cartón con casas fingidas de ladrillos rojos y ventanas de vidrio, y taparon con ella los ranchos miserables de la vida real.

El senador prolongó el discurso, con dos citas en

latín, para darle tiempo a la farsa. Prometió las máquinas de llover, los criaderos portátiles de animales de mesa, los aceites de la felicidad que harían crecer legumbres en el caliche y colgajos de trinitarias en las ventanas. Cuando vio que su mundo de ficción estaba terminado, lo señaló con el dedo.

—Así seremos, señoras y señores —gritó—. Miren. Así seremos.

El público se volvió. Un trasatlántico de papel pintado pasaba por detrás de las casas, y era más alto que las casas más altas de la ciudad de artificio. Sólo el propio senador observó que a fuerza de ser armado y desarmado, y traído de un lugar para el otro, también el pueblo de cartón superpuesto estaba carcomido por la intemperie, y era casi tan pobre y polvoriento y triste como el Rosal del Virrey.

Nelson Farina no fue a saludar al senador por primera vez en doce años. Escuchó el discurso desde su hamaca, entre los retazos de la siesta, bajo la enramada fresca de una casa de tablas sin cepillar que se había construido con las mismas manos de boticario con que descuartizó a su primera mujer. Se había fugado del penal de Cayena y apareció en el Rosal del Virrey en un buque cargado de guacamayas inocentes, con una negra hermosa y blasfema que se encontró en Paramaribo, y con quien tuvo una hija. La mujer murió de muerte natural poco tiempo después, y no tuvo la suerte de la otra cuyos pedazos sustentaron su propio huerto de coliflores, sino que la enterraron entera y con su nombre de holandesa en el cementerio local. La hija había heredado su color y sus tamaños, y los ojos amarillos y atónitos del padre, y éste tenía razones para suponer que estaba criando a la mujer más bella del mundo.

Desde que conoció al senador Onésimo Sánchez en la primera campaña electoral, Nelson Farina había suplicado su ayuda para obtener una falsa cédula de identidad que lo pusiera a salvo de la justicia. El senador, amable pero firme, se la había negado. Nelson Farina no se rindió durante varios años, y cada vez que encontró una ocasión reiteró la solicitud con un recurso distinto. Pero siempre recibió la misma respuesta. De modo que esta vez se quedó en el chinchorro, condenado a pudrirse vivo en aquella ardiente guarida de bucaneros. Cuando oyó los aplausos finales estiró la cabeza y por encima de las estacas del cercado vio el revés de la farsa: los puntales de los edificios, las armazones de los árboles, los ilusionistas escondidos que empujaban el trasatlántico. Escupió su rencor.

—Merde —dijo—, c'est le Blacaman de la politique.

Después del discurso, como de costumbre, el senador hizo una caminata por las calles del pueblo, entre la música y los cohetes, y asediado por la gente del pueblo que le contaba sus penas. El senador los escuchaba de buen talante, y siempre encontraba una forma de consolar a todos sin hacerles favores difíciles. Una mujer encaramada en el techo de una casa, entre sus seis hijos menores, consiguió hacerse oír por encima de la bulla y los truenos de pólvora.

—Yo no pido mucho, senador —dijo—, no más que un burro para traer agua desde el Pozo del Ahorcado.

El senador se fijó en los seis niños escuálidos.

—¿Qué se hizo tu marido? —preguntó.

—Se fue a buscar destino en la Isla de Aruba —contestó la mujer de buen humor—, y lo que se

encontró fue una forastera de las que se ponen diamantes en los dientes.

La respuesta provocó un estruendo de carcajadas.

—Está bien —decidió el senador—, tendrás tu
burro.

Poco después, un ayudante suyo llevó a casa de
la mujer un burro de carga, en cuyos lomos habían
escrito con pintura eterna una consigna electoral
para que nadie olvidara que era un regalo del senador.

En el breve trayecto de la calle hizo otros gestos
menores, y además le dio una cucharada a un enfermo que se había hecho sacar la cama a la puerta de la
casa para verlo pasar. En la última esquina, por entre
las estacas del patio, vio a Nelson Farina en el chinchorro y le pareció ceniciento y mustio, pero lo saludó sin afecto:

—Cómo está.

Nelson Farina se revolvió en el chinchorro y lo
dejó ensopado en el ámbar triste de su mirada.

—*Moi, vous savez* —dijo.

Su hija salió al patio al oír el saludo. Llevaba una
bata guajira ordinaria y gastada, y tenía la cabeza
guarnecida de moños de colores y la cara pintada
para el sol, pero aun en aquel estado de desidia era
posible suponer que no había otra más bella en el
mundo. El senador se quedó sin aliento.

—¡Carajo —suspiró asombrado—, las vainas
que se le ocurren a Dios!

Esa noche, Nelson Farina vistió a la hija con sus
ropas mejores y se la mandó al senador. Dos guardias armados de rifles, que cabeceaban de calor en la
casa prestada, le ordenaron esperar en la única silla
del vestíbulo.

El senador estaba en la habitación contigua reunido con los principales del Rosal del Virrey, a quienes había convocado para cantarles las verdades que ocultaba en los discursos. Eran tan parecidos a los que asistían siempre en todos los pueblos del desierto que el propio senador sentía el hartazgo de la misma sesión todas las noches. Tenía la camisa ensopada en sudor y trataba de secársela sobre el cuerpo con la brisa caliente del ventilador eléctrico que zumbaba como un moscardón en el sopor del cuarto.

—Nosotros, por supuesto, no comemos pajaritos de papel —dijo—. Ustedes y yo sabemos que el día en que haya árboles y flores en este cagadero de chivos, el día en que haya sábalos en vez de gusarapos en los pozos, ese día ni ustedes ni yo tenemos nada que hacer aquí. ¿Voy bien?

Nadie contestó. Mientras hablaba, el senador había arrancado un cromo del calendario y había hecho con las manos una mariposa de papel. La puso en la corriente del ventilador, sin ningún propósito, y la mariposa revoloteó dentro del cuarto y salió después por la puerta entreabierta. El senador siguió hablando con un dominio sustentado en la complicidad de la muerte.

—Entonces —dijo— no tengo que repetirles lo que ya saben de sobra: que mi reelección es mejor negocio para ustedes que para mí, porque yo estoy hasta aquí de aguas podridas y sudor de indios, y en cambio ustedes viven de eso.

Laura Farina vio salir la mariposa de papel. Sólo ella la vio, porque la guardia del vestíbulo se había dormido en los escaños con los fusiles abrazados. Al cabo de varias vueltas la enorme mariposa litografiada se desplegó por completo, se aplastó contra el muro, y se quedó pegada. Laura Farina trató de arrancarla con las uñas. Uno de los guardias, que despertó con los aplausos en la habitación contigua, advirtió su tentativa inútil.

—No se puede arrancar —dijo entre sueños—. Está pintada en la pared.

Laura Farina volvió a sentarse cuando empezaron a salir los hombres de la reunión. El senador permaneció en la puerta del cuarto, con la mano en el picaporte, y sólo descubrió a Laura Farina cuando el vestíbulo quedó desocupado.

—¿Qué haces aquí?

—C'est de la part de mon père —dijo ella.

El senador comprendió. Escudriñó a la guardia soñolienta, escudriñó luego a Laura Farina cuya belleza inverosímil era más imperiosa que su dolor, y entonces resolvió que la muerte decidiera por él.

—Entra —le dijo.

Laura Farina se quedó maravillada en la puerta de la habitación: miles de billetes de Banco flotaban en el aire, aleteando como la mariposa. Pero el senador apagó el ventilador, y los billetes se quedaron sin aire, y se posaron sobre las cosas del cuarto.

—Ya ves —sonrió—, hasta la mierda vuela.

Laura Farina se sentó como en un taburete de escolar. Tenía la piel lisa y tensa, con el mismo color y la misma densidad solar del petróleo crudo, y sus cabellos eran de crines de potranca y sus ojos inmensos eran más claros que la luz. El senador siguió el hilo de su mirada y encontró al final la rosa percudida por el salitre.

—Es una rosa —dijo.

—Sí —dijo ella con un rastro de perplejidad—, las conocí en Riohacha.

El senador se sentó en un catre de campaña, hablando de las rosas, mientras se desabotonaba la camisa. Sobre el costado, donde él suponía que estaba el corazón dentro del pecho, tenía el tatuaje corsario de un corazón flechado. Tiró en el suelo la camisa mojada y le pidió a Laura Farina que lo ayudara a quitarse las botas.

Ella se arrodilló frente al catre. El senador la siguió escrutando, pensativo, y mientras le zafaba los cordones se preguntó de cuál de los dos sería la mala suerte de aquel encuentro.

—Eres una criatura —dijo.

—No crea —dijo ella—. Voy a cumplir 19 en abril.

El senador se interesó.

—Qué día.

—El once —dijo ella.

El senador se sintió mejor. «Somos Aries», dijo. Y agregó sonriendo:

—Es el signo de la soledad.

Laura Farina no le puso atención pues no sabía qué hacer con las botas. El senador, por su parte, no sabía qué hacer con Laura Farina, porque no estaba acostumbrado a los amores imprevistos, y además era consciente de que aquél tenía origen en la indignidad. Sólo por ganar tiempo para pensar aprisionó a Laura Farina con las rodillas, la abrazó por la cintura y se tendió de espaldas en el catre. Entonces comprendió que ella estaba desnuda debajo del vestido, porque el cuerpo exhaló una fragancia oscura de animal de monte, pero tenía el corazón asustado y la piel aturdida por un sudor glacial.

—Nadie nos quiere —suspiró él.

Laura Farina quiso decir algo, pero el aire sólo le

alcanzaba para respirar. La acostó a su lado para ayudarla, apagó la luz, y el aposento quedó en la penumbra de la rosa. Ella se abandonó a la misericordia de su destino. El senador la acarició despacio, la buscó con la mano sin tocarla apenas, pero donde esperaba encontrarla tropezó con un estorbo de hierro.

—¿Qué tienes ahí?

—Un candado —dijo ella.

—¡Qué disparate! —dijo el senador, furioso, y preguntó lo que sabía de sobra—: ¿Dónde está la llave?

Laura Farina respiró aliviada.

—La tiene mi papá —contestó—. Me dijo que le dijera a usted que la mande a buscar con un propio y que le mande con él un compromiso escrito de que le va a arreglar su situación.

El senador se puso tenso. «Cabrón franchute», murmuró indignado. Luego cerró los ojos para relajarse, y se encontró consigo mismo en la oscuridad. «Recuerda —recordó— que seas tú o sea otro cualquiera, estaréis muertos dentro de un tiempo muy breve, y que poco después no quedará de vosotros ni siquiera el nombre.» Esperó a que pasara el escalofrío.

—Dime una cosa —preguntó entonces—: ¿Qué has oído decir de mí?

—¿La verdad de verdad?

—La verdad de verdad.

—Bueno —se atrevió Laura Farina—, dicen que usted es peor que los otros, porque es distinto.

El senador no se alteró. Hizo un silencio largo, con los ojos cerrados, y cuando volvió a abrirlos parecía de regreso de sus instintos más recónditos.

—Qué carajo —decidió—, dile al cabrón de tu padre que le voy a arreglar su asunto.

—Si quiere, yo misma voy por la llave —dijo Laura Farina.

El senador la retuvo.

—Olvídate de la llave —dijo— y duérmete un rato conmigo. Es bueno estar con alguien cuando uno está solo.

Entonces ella lo acostó en su hombro con los ojos fijos en la rosa. El senador la abrazó por la cintura, escondió la cara en su axila de animal de monte y sucumbió al terror. Seis meses y once días después había de morir en esa misma posición, pervertido y repudiado por el escándalo público de Laura Farina, y llorando de la rabia de morirse sin ella.

EL ÚLTIMO VIAJE DEL BUQUE FANTASMA

(1968)

Ahora van a ver quién soy yo, se dijo, con su nuevo vozarrón de hombre, muchos años después de que viera por primera vez el trasatlántico inmenso, sin luces y sin ruidos, que una noche pasó frente al pueblo como un gran palacio deshabitado, más largo que todo el pueblo y mucho más alto que la torre de su iglesia, y siguió navegando en tinieblas hacia la ciudad colonial fortificada contra los bucaneros al otro lado de la bahía, con su antiguo puerto negrero y el faro giratorio cuyas lúgubres aspas de luz, cada quince segundos, transfiguraban el pueblo en un campamento lunar de casas fosforescentes y calles de desiertos volcánicos, y aunque él era entonces un niño sin vozarrón de hombre pero con permiso de su madre para escuchar hasta muy tarde en la playa las arpas nocturnas del viento, aún podía recordar como si lo estuviera viendo que el trasatlántico desaparecía cuando la luz del faro le daba en el flanco y volvía a aparecer cuando la luz acababa de pasar, de modo que era un buque intermitente que iba apareciendo y desapareciendo hacia la entrada de la bahía, buscando con tanteos de sonámbulo las boyas que señalaban el canal del puerto, hasta que algo debió fallar en sus agujas de orientación, porque derivó hacia los escollos, tropezó, saltó en pedazos y se hundió sin un solo ruido, aunque semejante encontronazo con los arrecifes era para producir un fragor de hierros y una explosión de máquinas que helaran de pavor a los dragones más dormidos en la selva prehistórica que empezaba en las últimas calles de la ciudad y terminaba en el otro lado del mundo, así que él mismo creyó que era un sueño, sobre todo al día siguiente, cuando vio el acuario radiante de la bahía, el desorden de colores de las barracas de los negros en las colinas del puerto, las goletas de los contrabandistas de las Guayanas recibiendo su cargamento de loros inocentes con el buche lleno de diamantes, pensó me dormí contando las estrellas y soñé con ese barco enorme, claro, quedó tan convencido que no se lo contó a nadie ni volvió a acordarse de la visión hasta la misma noche del marzo siguiente, cuando andaba buscando celajes de delfines en el mar y lo que encontró fue el trasatlántico ilusorio, sombrío, intermitente, con el mismo destino equivocado de la primera vez, sólo que él estaba entonces tan seguro de estar despierto que corrió a contárselo a su madre, y ella pasó tres semanas gimiendo de desilusión porque se te está pudriendo el seso de tanto andar al revés, durmiendo de día y aventurando de noche como la gente de mala vida, y como tuvo que ir a la ciudad por esos días en busca de algo cómodo en que sentarse a pensar en el marido muerto, pues a su mecedor se le habían gastado las balanzas en once años de viudez, aprovechó la ocasión para pedirle al hombre del bote que se fuera por los arrecifes de modo que el hijo pudiera ver lo que en efecto vio en la vidriera del mar, los amores de las mantarrayas en primaveras de esponjas, los pargos rosados y las corvinas azules zambulléndose en los pozos de aguas más tiernas que había dentro de las aguas, y hasta las cabelleras errantes de los ahogados de algún naufragio colonial, pero ni rastros de trasatlánticos hundidos ni qué niño muerto, y sin embargo, él siguió tan emperrado que su madre prometió acompañarlo en la vigilia del marzo próximo, seguro, sin saber que ya lo único seguro que había en su porvenir era una poltrona de los tiempos de Francis Drake que compró en un remate de turcos, en la cual se sentó a descansar aquella misma noche, suspirando, mi pobre Holofernes, si vieras lo bien que se piensa en ti sobre estos forros de terciopelo y con estos brocados de catafalco de reina, pero mientras más evocaba al marido muerto más le borboritaba y se le volvía de chocolate la sangre en el corazón, como si en vez de estar sentada estuviera corriendo, empapada de escalofríos y con la respiración llena de tierra, hasta que él volvió en la madrugada y la encontró muerta en la poltrona, todavía caliente pero ya medio podrida como los picados de culebra, lo mismo que les ocurrió después a otras cuatro señoras, antes de que tiraran en el mar la poltrona asesina, muy lejos, donde no le hiciera mal a nadie, pues la habían usado tanto a través de los siglos que se le había gastado la facultad de producir descanso, de modo que él tuvo que acostumbrarse a su miserable rutina de huérfano, señalado por todos como el hijo de la viuda que llevó al pueblo el trono de la desgracia, viviendo no tanto de la caridad pública como del pescado que se robaba en los botes, mientras la voz se le iba volviendo de bramante y sin acordarse más de sus visiones de antaño hasta otra noche de marzo en que miró por casualidad hacia el

mar, y de pronto, madre mía, ahí está, la descomunal
ballena de amianto, la bestia berraca, vengan a verlo,
gritaba enloquecido, vengan a verlo, promoviendo
tal alboroto de ladridos de perros y pánicos de mujer, que hasta los hombres más viejos se acordaron
de los espantos de sus bisabuelos y se metieron debajo de la cama creyendo que había vuelto William
Dampier, pero los que se echaron a la calle no se to-
maron el trabajo de ver el aparato inverosímil que en
aquel instante volvía a perder el oriente y se desbara-
taba en el desastre anual, sino que lo contramataron
a golpes y lo dejaron tan mal torcido que entonces
fue cuando él se dijo, babeando de rabia, ahora van a
ver quién soy yo, pero se cuidó de no compartir con
nadie su determinación sino que pasó el año entero
con la idea fija, ahora van a ver quién soy yo, esperando que fuera otra vez la víspera de las apariciones
para hacer lo que hizo, ya está, se robó un bote, atravesó la bahía y pasó la tarde esperando su hora grande en los vericuetos del puerto negrero, entre la sal-
samuera humana del Caribe, pero tan absorto en su
aventura que no se detuvo como siempre frente a las
tiendas de los hindúes a ver los mandarines de marfil
tallados en el colmillo entero del elefante, ni se burló
de los negros holandeses en sus velocípedos ortopé-
dicos, ni se asustó como otras veces con los malayos
de piel de cobra que le habían dado la vuelta al mundo cautivados por la quimera de una fonda secreta
donde vendían filetes de brasileras al carbón, porque
no se dio cuenta de nada mientras la noche no se le
vino encima con todo el peso de las estrellas y la selva exhaló una fragancia dulce de gardenias y salamandras podridas, y ya estaba él remando en el bote
robado hacia la entrada de la bahía con la lámpara

apagada para no alborotar a los policías del resguardo, idealizado cada quince segundos por el aletazo verde del faro y otra vez vuelto humano por la oscuridad, sabiendo que andaba cerca de las boyas que señalaban el canal del puerto no sólo porque viera cada vez más intenso su fulgor opresivo sino porque la respiración del agua se iba volviendo triste, y así remaba tan ensimismado que no supo de dónde le llegó de pronto un pavoroso aliento de tiburón ni por qué la noche se hizo densa como si las estrellas se hubieran muerto de repente, y era que el trasatlántico estaba allí con todo su tamaño inconcebible, madre, más grande que cualquier otra cosa grande en el mundo y más oscuro que cualquier otra cosa oscura de la tierra o del agua, trescientas mil toneladas de olor de tiburón pasando tan cerca del bote que él podía ver las costuras del precipicio de acero, sin una sola luz en los infinitos ojos de buey, sin un suspiro en las máquinas, sin un alma, y llevando consigo su propio ámbito de silencio, su propio cielo vacío, su propio aire muerto, su tiempo parado, su mar errante en el que flotaba un mundo entero de animales ahogados, y de pronto todo aquello desapareció con el lamparazo del faro y por un instante volvió a ser el Caribe diáfano, la noche de marzo, el aire cotidiano de los pelícanos, de modo que él se quedó solo entre las boyas, sin saber qué hacer, preguntándose asombrado si de veras no estaría soñando despierto, no sólo ahora sino también las otras veces, pero apenas acababa de preguntárselo cuando un soplo de misterio fue apagando las boyas desde la primera hasta la última, así que cuando pasó la claridad del faro el trasatlántico volvió a aparecer y ya tenía las brújulas extraviadas, acaso sin saber siquiera en qué lugar de la mar océana se encontraba, buscando a tientas el canal invisible pero en realidad derivando hacia los escollos, hasta que él tuvo la revelación abrumadora de que aquel percance de las boyas era la última clave del encantamiento, y encendió la lámpara del bote, una mínima lucecita roja que no tenía por qué alarmar a nadie en los minaretes del resguardo, pero que debió ser para el piloto como un sol oriental, porque gracias a ella el trasatlántico corrigió su horizonte y entró por la puerta grande del canal en una maniobra de resurrección feliz, y entonces todas sus luces se encendieron al mismo tiempo, las calderas volvieron a resollar, se prendieron las estrellas en su cielo y los cadáveres de los animales se fueron al fondo, y había un estrépito de platos y una fragancia de salsa de laurel en las cocinas, y se oía el bombardino de la orquesta en las cubiertas de luna y el tumtum de las arterias de los enamorados de alta mar en la penumbra de los camarotes, pero él llevaba todavía tanta rabia atrasada que no se dejó aturdir por la emoción ni amedrentar por el prodigio, sino que se dijo con más decisión que nunca que ahora van a ver quién soy yo, carajo, ahora lo van a ver, y en vez de hacerse a un lado para que no lo embistiera aquella máquina colosal empezó a remar delante de ella, porque ahora sí van a saber quién soy yo, y siguió orientando el buque con la lámpara hasta que estuvo tan seguro de su obediencia que lo obligó a descorregir de nuevo el rumbo de los muelles, lo sacó del canal invisible y se lo llevó de cabestro como si fuera un cordero de mar hacia las luces del pueblo dormido, un barco vivo e invulnerable a los haces del faro que ahora no lo invisibilizaban sino que lo volvían de aluminio cada quince segundos, y allá empezaban a definirse las cruces de la iglesia, la miseria de las casas, la ilusión, y todavía el trasatlántico iba detrás de él, siguiéndolo con todo lo que llevaba adentro, su capitán dormido del lado del corazón, los toros de lidia en la nieve de sus despensas, el enfermo solitario en su hospital, el agua huérfana de sus cisternas, el piloto irredento que debió confundir los farallones con los muelles porque en aquel instante reventó el bramido descomunal de la sirena una vez, y él quedó ensopado por el aguacero de vapor que le cayó encima, otra vez, y el bote ajeno estuvo a punto de zozobrar, y otra vez, pero ya era demasiado tarde, porque ahí estaban los caracoles de la orilla, las piedras de la calle, las puertas de los incrédulos, el pueblo entero iluminado por las mismas luces del trasatlántico despavorido, y él apenas tuvo tiempo de apartarse para darle paso al cataclismo, gritando en medio de la conmoción, ahí lo tienen, cabrones, un segundo antes de que el tremendo casco de acero descuartizara la tierra y se oyera el estropicio nítido de las noventa mil quinientas copas de champaña que se rompieron una tras otra desde la proa hasta la popa, y entonces se hizo la luz, y ya no fue más la madrugada de marzo sino el mediodía de un miércoles radiante y él pudo darse el gusto de ver a los incrédulos contemplando con la boca abierta el trasatlántico más grande de este mundo y del otro encallado frente a la iglesia, más blanco que todo, veinte veces más alto que la torre y como noventa y siete veces más largo que el pueblo, con el nombre grabado en letras de hierro, *halalcsillag*, y todavía chorreando por sus flancos las aguas antiguas y lánguidas de los mares de la muerte.

BLACAMÁN EL BUENO, VENDEDOR DE MILAGROS

(1968)

Desde el primer domingo que lo vi me pareció una mula de monosabio, con sus tirantes de terciopelo pespunteados con filamentos de oro, sus sortijas con pedrerías de colores en todos los dedos y su trenza de cascabeles, trepado sobre una mesa en el puerto de Santa María del Darién, entre los frascos de específicos y las yerbas de consuelo que él mismo preparaba y vendía a grito herido por los pueblos del Caribe sólo que entonces no estaba tratando de vender nada a aquella cochambre de indios, sino pidiendo que le llevaran una culebra de verdad para demostrar en carne propia un contraveneno de su invención, el único indeleble, señoras y señores, contra las picaduras de serpientes, tarántulas y escolopendras, y toda clase de mamíferos ponzoñosos. Alguien que parecía muy impresionado por su determinación consiguió nadie supo dónde y le llevó dentro de un frasco una mapaná de las peores, de esas que empiezan por envenenar la respiración, y él la destapó con tantas ganas que todos creímos que se la iba a comer, pero no bien se sintió libre el animal saltó fuera del frasco y le dio un tijeretazo en el cuello que ahí mismo lo dejó sin aire para la oratoria, y apenas tuvo tiempo de tomarse el antídoto cuando el dispensario de pacotilla se desbarrumbó sobre la muchedumbre y él quedó revolcándose en el suelo con el enorme cuerpo desbaratado como si no tuviera nada por dentro, pero sin dejarse de reír con todos sus dientes de oro. Cómo sería el estrépito, que un acorazado del norte que estaba en el muelle desde hacía como veinte años en visita de buena voluntad declaró la cuarentena para que no se subiera a bordo el veneno de la culebra, y la gente que estaba santificando el domingo de ramos se salió de la misa con sus palmas benditas, pues nadie quería perderse la función del emponzoñado que ya empezaba a inflarse con el aire de la muerte, y estaba dos veces más gordo de lo que había sido, echando espuma de hiel por la boca y resollando por los poros, pero todavía riéndose con tanta vida que los cascabeles le cascabeleaban por todo el cuerpo. La hinchazón le reventó los cordones de las polainas y las costuras de la ropa, los dedos se le amorcillaron por la presión de las sortijas, se puso del color del venado en salmuera y le salieron por la culata unos requiebros de postrimerías, así que todo el que había visto un picado de culebra sabía que se estaba pudriendo antes de morir y que iba a quedar tan desmigajado que tendrían que recogerlo con una pala para echarlo dentro de un saco, pero también pensaban que hasta en su estado de aserrín iba a seguirse riendo. Aquello era tan increíble que los infantes de marina se encaramaron en los puentes del barco para tomarle retratos en colores con aparatos de larga distancia, pero las mujeres que se habían salido de misa les descompusieron las intenciones, pues taparon al moribundo con una manta y le pusieron encima las palmas benditas, unas porque no les gustaba que la infantería profanara el cuerpo con máquinas de adventistas, otras porque les daba miedo seguir viendo aquel idólatra que era capaz de morirse muerto de risa, y otras por si acaso conseguían con eso que por lo menos el alma se le desenvenenara. Todo el mundo lo daba por muerto, cuando se apartó los ramos de una brazada, todavía medio atarantado y todo desconvalecido por el mal rato, pero enderezó la mesa sin ayuda de nadie, se volvió a subir como un cangrejo, y ya estaba otra vez gritando que aquel contraveneno era sencillamente la mano de Dios en un frasquito, como todos lo habíamos visto con nuestros propios ojos, aunque sólo costaba dos cuartillos porque él no lo había inventado como negocio, sino por el bien de la humanidad, y a ver quién dijo uno, señoras y señores, nomás que por favor no se me amontonen que para todos hay.

Por supuesto que se amontonaron, y que hicieron bien, porque al final no hubo para todos. Hasta el almirante del acorazado se llevó un frasquito, convencido por él de que también era bueno para los plomos envenenados de los anarquistas, y los tripulantes no se conformaron con tomarle subido en la mesa los retratos en colores que no pudieron tomarle muerto, sino que le hicieron firmar autógrafos hasta que los calambres le torcieron el brazo. Era casi de noche y sólo quedábamos en el puerto los más perplejos, cuando él buscó con la mirada a alguno que tuviera cara de bobo para que lo ayudara a guardar los frascos, y por supuesto se fijó en mí. Aquélla fue como la mirada del destino, no sólo del mío, sino también del suyo, pues de eso hace más de un siglo y ambos nos acordamos todavía como si hubiera sido el domingo pasado. El caso es que estábamos metiendo su botica de circo en aquel baúl con vueltas de púrpura que más bien parecía el sepulcro de un erudito, cuando él debió verme por dentro alguna luz que no me había visto antes porque me preguntó de mala índole quién eres tú, y yo le contesté que era el único huérfano de padre y madre a quien todavía no se le había muerto el papá, y él soltó unas carcajadas más estrepitosas que las del veneno y me preguntó después qué haces en la vida, y yo le contesté que no hacía nada más que estar vivo porque todo lo demás no valía la pena, y todavía llorando de risa me preguntó cuál es la ciencia que más quisiera conocer en el mundo, y ésa fue la única vez en que le contesté sin burlas la verdad, que quería ser adivino, y entonces no se volvió a reír, sino que me dijo como pensando de viva voz que para eso me faltaba poco, pues ya tenía lo más fácil de aprender, que era mi cara de bobo. Esa misma noche habló con mi padre, y por un real y dos cuartillos y una baraja de pronosticar adulterios, me compró para siempre.

Así era Blacamán el malo, porque el bueno soy yo. Era capaz de convencer a un astrónomo de que el mes de febrero no era más que un rebaño de elefantes invisibles, pero cuando se le volteaba la suerte se volvía bruto del corazón. En sus tiempos de gloria había sido embalsamador de virreyes, y dicen que les componía una cara de tanta autoridad que durante muchos años seguían gobernando mejor que cuando estaban vivos, y que nadie se atrevía a enterrarlos mientras él no volviera a ponerles su semblante de muertos, pero el prestigio se le descalabró con la invención de un ajedrez de nunca acabar que volvió loco a un capellán y provocó dos suicidios ilustres, y así fue decayendo de intérprete de sueños en hipnotizador de cumpleaños, de sacador de muelas por sugestión en curandero de feria, de modo que por la época en que nos conocimos ya lo miraban de medio lado hasta los filibusteros. Andábamos a la deriva con nuestro tenderete de chanchullos, y la vida era una eterna zozobra tratando de vender los supositorios de evasión que volvían transparentes a los contrabandistas, las gotas furtivas que las esposas bautizadas echaban en la sopa para infundir el temor de Dios en los maridos holandeses, y todo lo que ustedes quieran comprar por su propia voluntad, señoras y señores, porque esto no es una orden, sino un consejo, y al fin y al cabo, tampoco la felicidad es una obligación. Sin embargo, por mucho que nos muriéramos de risa de sus ocurrencias, la verdad es que a duras penas nos alcanzaba para comer, y su última esperanza se fundaba en mi vocación de adivino. Me encerraba en el baúl sepulcral disfrazado de japonés, y amarrado con cadenas de estribor para que tratara de adivinar lo que pudiera, mientras él destripaba la gramática buscando el mejor modo de convencer al mundo de su nueva ciencia, y aquí tienen, señoras y señores, a esta criatura atormentada por las luciérnagas de Ezequiel, y usted que se ha quedado ahí con esa cara de incrédulo vamos a ver si se atreve a preguntarle cuándo se va a morir, pero nunca conseguí adivinar ni la fecha en que estábamos, así que él me desahució como adivino, porque el sopor de la digestión te trastorna la glándula de los presagios, y después de descalabrarme de un trancazo para componerse la buena suerte resolvió llevarme donde mi padre para que le devolviera la plata. Sin embargo, en esos tiempos le dio por encontrar aplicaciones prácticas para la electricidad del sufrimiento, y se puso a

83

fabricar una máquina de coser que funcionara conectada mediante ventosas con la parte del cuerpo en que se tuviera un dolor. Como yo pasaba la noche quejándome de las palizas que él me daba para conjurar la desgracia, tuvo que quedarse conmigo como probador de su invento, y así el regreso se nos fue demorando y se le fue componiendo el humor, hasta que la máquina funcionó tan bien que no sólo cosía mejor que una novicia, sino que además bordaba pájaros y astromelias según la posición y la intensidad del dolor. En ésas estábamos, convencidos de nuestra victoria sobre la mala suerte, cuando nos alcanzó la noticia de que el comandante del acorazado había querido repetir en Filadelfia la prueba del contraveneno, y se convirtió en mermelada de almirante en presencia de su estado mayor.

No se volvió a reír en mucho tiempo. Nos fugamos por desfiladeros de indios, y mientras más perdidos nos encontrábamos más claras nos llegaban las voces de que los infantes de marina habían invadido la nación con el pretexto de exterminar la fiebre amarilla, y andaban descabezando a cuanto cacharrero inveterado o eventual encontraran a su paso, y no sólo a los nativos por precaución sino también a los chinos por distracción, a los negros por costumbre y a los hindúes por encantadores de serpientes, y después arrasaron con la fauna y la flora y con lo que pudieron del reino mineral, porque sus especialistas en nuestros asuntos les habían enseñado que la gente del Caribe tenía la virtud de cambiar de naturaleza para embolatar a los gringos. Yo no entendía de dónde les había salido aquella rabia ni por qué nosotros teníamos tanto miedo, hasta que nos hallamos a salvo en los vientos eternos de la Guajira, y sólo allí tuvo ánimos para confesarme que su contraveneno no era más que ruibarbo con trementina, pero que le había pagado dos cuartillos a un calanchín para que le llevara aquella mapaná sin ponzoña. Nos quedamos en las ruinas de una misión colonial, engañados con la esperanza de que pasaran los contrabandistas, que eran hombres de fiar y los únicos capaces de aventurarse bajo el sol mercurial de aquellos yermos de salitre. Al principio comíamos salamandras ahumadas con flores de escombros, y aún nos quedaba espíritu para reírnos cuando tratamos de comernos sus polainas hervidas, pero al final nos comimos hasta las telarañas de agua de los aljibes, y sólo entonces nos dimos cuenta de la falta que nos hacía el mundo. Como yo no conocía en aquel tiempo ningún recurso contra la muerte, simplemente me acosté a esperarla donde me doliera menos, mientras él deliraba con el recuerdo de una mujer tan tierna que podía pasar suspirando a través de las paredes, pero también aquel recuerdo inventado era un artificio de su ingenio para burlar a la muerte con lástimas de amor. Sin embargo, a la hora en que debíamos habernos muerto se me acercó más vivo que nunca y estuvo la noche entera vigilándome la agonía, pensando con tanta fuerza que todavía no he logrado saber si lo que silbaba entre los escombros era el viento o su pensamiento, y antes del amanecer me dijo con la misma voz y la misma determinación de otra época que ahora conocía la verdad, y era que yo le había vuelto a torcer la suerte, de modo que amárrate bien los pantalones porque lo mismo que me la torciste me la vas a enderezar.

Ahí fue donde se echó a perder el poco cariño que le tenía. Me quitó los últimos trapos de encima, me enrolló en alambre de púas, me restregó piedras de salitre en las mataduras, me puso en salmuera en mis propias aguas y me colgó por los tobillos para macerarme al sol y todavía gritaba que aquella mortificación no era bastante para apaciguar a sus perseguidores. Por último me echó a pudrir en mis propias miserias dentro del calabozo de penitencia donde los misioneros coloniales regeneraban a los herejes, y con la perfidia de ventrílocuo que todavía le sobraba se puso a imitar las voces de los animales de comer, el rumor de las remolachas maduras y el ruido de los manantiales, para torturarme con la ilusión de que me estaba muriendo de indigencia en el paraíso. Cuando por fin lo abastecieron los contrabandistas, bajaba al calabozo para darme de comer cualquier cosa que no me dejara morir, pero luego me hacía pagar la caridad arrancándome las uñas con tenazas y rebajándome los dientes con piedra de moler, y mi único consuelo era el deseo de que la vida me diera tiempo y fortuna para desquitarme de tanta infamia con otros martirios peores. Yo mismo me asombraba de que pudiera resistir la peste de mi propia putrefacción, y todavía me echaba encima las sobras de sus almuerzos y tiraba por los rincones pedazos de lagartos y gavilanes podridos para que el aire del calabozo se acabara de envenenar. No sé cuánto tiempo había pasado, cuando me llevó el cadáver de un conejo para mostrarme que prefería echarlo a pudrir en vez de dármelo a comer, y hasta allí me alcanzó la paciencia y solamente me quedó el rencor, de modo que agarré el cuerpo del conejo por las orejas y lo mandé contra la pared con la ilusión de que era él y no el animal el que se iba a reventar, y entonces fue cuando sucedió, como en un sueño, que el conejo no sólo resucitó con un chillido de espanto, sino que regresó a mis manos caminando por el aire.

Así fue como empezó mi vida grande. Desde entonces ando por el mundo desfiebrando a los palúdicos por dos pesos, visionando a los ciegos por cuatro con cincuenta, desaguando a los hidrópicos por dieciocho, completando a los mutilados por veinte pesos si lo son de nacimiento, por veintidós si lo son por accidentes o peloteras, por veinticinco si lo son por causa de guerras, terremotos, desembarcos de infantes o cualquier otro género de calamidades públicas, atendiendo a los enfermos comunes al por mayor mediante arreglo especial, a los locos según su tema, a los niños por mitad de precio y a los bobos por gratitud, y a ver quién se atreve a decir que no soy un filántropo, damas y caballeros, y ahora sí, señor comandante de la vigésima flota, ordene a sus muchachos que quiten las barricadas para que pase la humanidad doliente, los lazarinos a la izquierda, los epilépticos a la derecha, los tullidos donde no estorben y allá detrás los menos urgentes, no más que por favor no se me apelotonen que después no respondo si se les confunden las enfermedades y quedan curados de lo que no es, y que siga la música hasta que hierva el cobre y los cohetes hasta que se quemen los ángeles y el aguardiente hasta matar la idea, y vengan las maritornes y los maromeros, los matarifes y los fotógrafos, y todo eso por cuenta mía, damas y caballeros, que aquí se acabó la mala fama de los Blacamanes y se armó el despelote universal. Así los voy adormeciendo con técnicas de diputado, por si acaso me falla el criterio y algunos se me quedan peor de lo que estaban. Lo único que no hago es resucitar a los muertos, porque apenas abren los ojos contramatan de rabia al perturbador de su estado, y a fin de cuentas los que no se suicidan se vuelven a morir de desilusión. Al principio me perseguía un séquito de sabios para investigar la legalidad de mi industria, y cuando estuvieron convencidos me amenazaron con el infierno de Simón el Mago y me recomendaron una vida de penitencia para que llegara a ser santo, pero yo les contesté sin menosprecio de su autoridad que era precisamente por ahí por donde había empezado. La verdad es que yo no gano nada con ser santo después de muerto, yo lo que soy es un artista, y lo único que quiero es estar vivo para seguir a pura flor de burro con este carricoche convertible de seis cilindros que le compré al cónsul de los infantes, con este chofer trinitario que era barítono de la ópera de los piratas en Nueva Orleans, con mis camisas de gusano legítimo, mis lociones de Oriente, mis dientes de topacio, mi sombrero de tartarita y mis botines de dos colores, durmiendo sin despertador, bailando con las reinas de la belleza y dejándolas como alucinadas con mi retórica de diccionario, y sin que me tiemble la pajarilla si un miércoles de ceniza se me marchitan las facultades, que para seguir con esta vida de ministro me basta con mi cara de bobo y me sobra con el tropel de tiendas que tengo desde aquí hasta más allá del crepúsculo, donde los mismos turistas que nos andaban cobrando al almirante trastabillan ahora por los retratos con mi rúbrica, los almanaques con mis versos de amor, mis medallas de perfil, mis pulgadas de ropa, y todo eso sin la gloriosa conduerma de estar todo el día y toda la noche esculpido en mármol ecuestre y cagado de golondrinas como los padres de la patria.

Lástima que Blacamán el malo no pueda repetir esta historia para que vean que no tiene nada de invención. La última vez que alguien lo vio en este mundo había perdido hasta los estoperoles de su antiguo esplendor, y tenía el alma desmantelada y los huesos en desorden por el rigor del desierto, pero todavía le sobró un buen par de cascabeles para reaparecer aquel domingo en el puerto de Santa María del Darién con el eterno baúl sepulcral, sólo que entonces no estaba tratando de vender ningún contraveneno, sino pidiendo con la voz agrietada por la emoción que los infantes de marina lo fusilaran en espectáculo público para demostrar en carne propia las facultades resucitadoras de esta criatura sobrenatural, señoras y señores, y aunque a ustedes les sobra derecho para no creerme después de haber padecido durante tanto tiempo mis malas mañas de embustero y falsificador, les juro por los huesos de mi madre que esta prueba de hoy no es nada del otro mundo, sino la humilde verdad, y por si les quedara alguna duda fíjense bien que ahora no me estoy riendo como antes, sino aguantando las ganas de llorar. Cómo sería de convincente, que se desabotonó la camisa con los ojos ahogados de lágrimas y se daba palmadas de mulo en el corazón para indicar el mejor sitio de la muerte, y sin embargo los infantes de marina no se atrevieron a disparar por temor de que las muchedumbres dominicales les conocieran el desprestigio. Alguien que quizá no olvidaba las blacabunderías de otra época consiguió nadie supo dónde y le llevó dentro de una lata unas raíces de barbasco que habrían alcanzado para sacar a flote a todas las corvinas del Caribe, y él las destapó con tantas ganas como si de verdad se las fuera a comer, y en efecto se las comió, señoras y señores, no más que por favor no se me conmuevan ni vayan a rezar por mi descanso que esta muerte no es más que una visita. Aquella vez fue tan honrado que no incurrió en estertores de ópera, sino que se bajó de la mesa como un cangrejo, buscó en el suelo a través de las primeras dudas el lugar más digno para acostarse, y desde allí me miró como a una madre y exhaló el último suspiro entre sus propios brazos, todavía aguantando sus lágrimas de hombre y torcido al derecho y al revés por el tétano de la eternidad. Fue ésa la única vez, por supuesto, en que me fracasó la ciencia. Lo metí en aquel baúl de tamaño premonitorio donde cupo de cuerpo entero, le hice cantar una misa de tinieblas que me costó cincuenta doblones de a cuatro porque el oficiante estaba vestido de oro y había además tres obispos sentados, le mandé a edificar un mausoleo de emperador sobre una colina expuesta a los mejores tiempos del mar, con una capilla para él solo y una lápida de hierro donde quedó escrito con mayúsculas góticas que aquí yace Blacamán el muerto, mal llamado el malo, burlador de los infantes y víctima de la ciencia, y cuando estas honras me bastaron para hacerle justicia por sus virtudes empecé a desquitarme de sus infamias, y entonces lo resucité dentro del sepulcro blindado, y allí lo dejé revolcándose en el horror. Eso fue mucho antes de que a Santa María del Darién se la tragara la marabunta, pero el mausoleo sigue intacto en la colina, a la sombra de los dragones que suben a dormir en los vientos atlánticos, y cada vez que paso por estos rumbos le llevo un automóvil cargado de rosas y el corazón me duele de lástima por sus virtudes, pero después pongo el oído en la lápida para sentirlo llorar entre los escombros del baúl desbaratado y si acaso se ha vuelto a morir lo vuelvo a resucitar, pues la gracia del escarmiento es que siga viviendo en la sepultura mientras yo esté vivo, es decir, para siempre.

LA INCREÍBLE
Y TRISTE HISTORIA
DE LA CÁNDIDA ERÉNDIRA
Y DE SU ABUELA DESALMADA

(1972)

Eréndira estaba bañando a la abuela cuando empezó el viento de su desgracia. La enorme mansión de argamasa lunar, extraviada en la soledad del desierto, se estremeció hasta los estribos con la primera embestida. Pero Eréndira y la abuela estaban hechas a los riesgos de aquella naturaleza desatinada, y apenas si notaron el calibre del viento en el baño adornado de pavorreales repetidos y mosaicos pueriles de termas romanas.

La abuela, desnuda y grande, parecía una hermosa ballena blanca en la alberca de mármol. La nieta había cumplido apenas los catorce años, y era lánguida y de huesos tiernos, y demasiado mansa para su edad. Con una parsimonia que tenía algo de rigor sagrado, le hacía abluciones a la abuela con un agua en la que había hervido plantas depurativas y hojas de buen olor, y éstas se quedaban pegadas en las espaldas suculentas, en los cabellos metálicos y sueltos, en el hombro potente tatuado sin piedad con un escarnio de marineros.

—Anoche soñé que estaba esperando una carta —dijo la abuela.

Eréndira, que nunca hablaba si no era por motivos ineludibles, preguntó:

—¿Qué día era en el sueño?

—Jueves.

—Entonces era una carta con malas noticias —dijo Eréndira— pero no llegará nunca.

Cuando acabó de bañarla, llevó a la abuela a su dormitorio. Era tan gorda que sólo podía caminar apoyada en el hombro de la nieta, o con un báculo que parecía de obispo, pero aun en sus diligencias más difíciles se notaba el dominio de una grandeza anticuada. En la alcoba compuesta con un criterio excesivo y un poco demente, como toda la casa, Eréndira necesitó dos horas más para arreglar a la abuela. Le desenredó el cabello hebra por hebra, se lo perfumó y se lo peinó, le puso un vestido de flores ecuatoriales, le empolvó la cara con harina de talco, le pintó los labios con carmín, las mejillas con colorete, los párpados con almizcle y las uñas con esmalte de nácar, y cuando la tuvo emperifollada como una muñeca más grande que el tamaño humano la llevó a un jardín artificial de flores sofocantes como las del vestido, la sentó en una poltrona que tenía el fundamento y la alcurnia de un trono, y la dejó escuchando los discos fugaces del gramófono de bocina.

Mientras la abuela navegaba por las ciénagas del pasado, Eréndira se ocupó de barrer la casa, que era oscura y abigarrada, con muebles frenéticos y estatuas de césares inventados, y arañas de lágrimas y ángeles de alabastro, y un piano con barniz de oro, y numerosos relojes de formas y medidas imprevisibles. Tenía en el patio una cisterna para almacenar durante muchos años el agua llevada a lomo de indio desde manantiales remotos, y en una argolla de la cisterna había un avestruz raquítico, el único animal de plumas que pudo sobrevivir al tormento de aquel

94

clima malvado. Estaba lejos de todo, en el alma del desierto, junto a una ranchería de calles miserables y ardientes, donde los chivos se suicidaban de desolación cuando soplaba el viento de la desgracia.

Aquel refugio incomprensible había sido construido por el marido de la abuela, un contrabandista legendario que se llamaba Amadís, con quien ella tuvo un hijo que también se llamaba Amadís, y que fue el padre de Eréndira. Nadie conoció los orígenes ni los motivos de esa familia. La versión más conocida en lengua de indios era que Amadís, el padre, había rescatado a su hermosa mujer de un prostíbulo de las Antillas, donde mató a un hombre a cuchilladas, y la traspuso para siempre en la impunidad del desierto. Cuando los Amadises murieron, el uno de fiebres melancólicas, y el otro acribillado en un pleito de rivales, la mujer enterró los cadáveres en el patio, despachó a las catorce sirvientas descalzas, y siguió apacentando sus sueños de grandeza en la penumbra de la casa furtiva, gracias al sacrificio de la nieta bastarda que había criado desde el nacimiento.

Sólo para dar cuerda y concertar a los relojes Eréndira necesitaba seis horas. El día en que empezó su desgracia no tuvo que hacerlo, pues los relojes tenían cuerda hasta la mañana siguiente, pero en cambio debió bañar y sobrevestir a la abuela, fregar los pisos, cocinar el almuerzo y bruñir la cristalería. Hacia las once, cuando le cambió el agua al cubo del avestruz y regó los yerbajos desérticos de las tumbas contiguas de los Amadises, tuvo que contrariar el coraje del viento que se había vuelto insoportable, pero no sintió el mal presagio de que aquél fuera el viento de su desgracia. A las doce estaba puliendo las últimas copas de champaña, cuando percibió un olor de caldo tierno, y tuvo que hacer un milagro para llegar corriendo hasta la cocina sin dejar a su paso un desastre de vidrios de Venecia.

Apenas si alcanzó a quitar la olla que empezaba a derramarse en la hornilla. Luego puso al fuego un guiso que ya tenía preparado, y aprovechó la ocasión para sentarse a descansar en un banco de la cocina. Cerró los ojos, los abrió después con una expresión sin cansancio, y empezó a echar la sopa en la sopera. Trabajaba dormida.

La abuela se había sentado sola en el extremo de una mesa de banquete con candelabros de plata y servicios para doce personas. Hizo sonar la campanilla, y casi al instante acudió Eréndira con la sopera humeante. En el momento en que le servía la sopa, la abuela advirtió sus modales de sonámbula, y le pasó la mano frente a los ojos como limpiando un cristal invisible. La niña no vio la mano. La abuela la siguió con la mirada, y cuando Eréndira le dio la espalda para volver a la cocina, le gritó:

—Eréndira.

Despertada de golpe, la niña dejó caer la sopera en la alfombra.

—No es nada, hija —le dijo la abuela con una ternura cierta—. Te volviste a dormir caminando.

—Es la costumbre del cuerpo —se excusó Eréndira.

Recogió la sopera, todavía aturdida por el sueño, y trató de limpiar la mancha de la alfombra.

—Déjala así —la disuadió la abuela—, esta tarde la lavas.

De modo que además de los oficios naturales de la tarde, Eréndira tuvo que lavar la alfombra del comedor, y aprovechó que estaba en el fregadero para lavar también la ropa del lunes, mientras el viento daba vueltas alrededor de la casa buscando un hueco para meterse. Tuvo tanto que hacer, que la noche se le vino encima sin que se diera cuenta, y cuando repuso la alfombra del comedor era la hora de acostarse.

La abuela había chapuceado el piano toda la tarde, cantando en falsete para sí misma las canciones de su época, y aún le quedaban en los párpados los lamparones del almizcle con lágrimas. Pero cuando se tendió en la cama con el camisón de muselina se había restablecido de la amargura de los buenos recuerdos.

—Aprovecha mañana para lavar la alfombra de la sala —le dijo a Eréndira—, que no ha visto el sol desde los tiempos del ruido.

—Sí, abuela —contestó la niña.

Cogió un abanico de plumas y empezó a abanicar a la matrona implacable que le recitaba el código del orden nocturno mientras se hundía en el sueño.

—Plancha toda la ropa antes de acostarte para que duermas con la conciencia tranquila.

—Sí, abuela.

—Revisa bien los roperos, que en las noches de viento tienen más hambre las polillas.

—Sí, abuela.

—Con el tiempo que te sobre sacas las flores al patio para que respiren.

—Sí, abuela.

—Y le pones su alimento al avestruz.

Se había dormido, pero siguió dando órdenes, pues de ella había heredado la nieta la virtud de continuar viviendo en el sueño. Eréndira salió del cuarto sin hacer ruido e hizo los últimos oficios de la noche, contestando siempre a los mandatos de la abuela dormida.

—Le das de beber a las tumbas.

—Sí, abuela.

—Antes de acostarte fíjate que todo quede en perfecto orden, pues las cosas sufren mucho cuando no se las pone a dormir en su puesto.

—Sí, abuela.

—Y si vienen los Amadises avísales que no entren —dijo la abuela—, que las gavillas de Porfirio Galán los están esperando para matarlos.

Eréndira no le contestó más, pues sabía que empezaba a extraviarse en el delirio, pero no se saltó una orden. Cuando acabó de revisar las fallebas de las ventanas y apagó las últimas luces, cogió un candelabro del comedor y fue alumbrando el paso hasta su dormitorio, mientras las pausas del viento se llenaban con la respiración apacible y enorme de la abuela dormida.

Su cuarto era también lujoso, aunque no tanto como el de la abuela, y estaba atiborrado de muñecas de trapo y los animales de cuerda de su infancia reciente. Vencida por los oficios bárbaros de la jornada, Eréndira no tuvo ánimos para desvestirse, sino que puso el candelabro en la mesa de noche y se tumbó en la cama. Poco después, el viento de su desgracia se metió en el dormitorio como una manada de perros y volcó el candelabro contra las cortinas.

Al amanecer, cuando por fin se acabó el viento, empezaron a caer unas gotas de lluvia gruesas y separadas que apagaron las últimas brasas y endurecieron las cenizas humeantes de la mansión. La gente del pueblo, indios en su mayoría, trataba de rescatar los restos del desastre: el cadáver carbonizado del avestruz, el bastidor del piano dorado, el torso de una estatua. La abuela contemplaba con un abatimiento impenetrable los residuos de su fortuna. Eréndira, sentada entre las dos tumbas de los Amadises, había terminado de llorar. Cuando la abuela se convenció de que quedaban muy pocas cosas intactas entre los escombros, miró a la nieta con una lástima sincera.

—Mi pobre niña —suspiró—. No te alcanzará la vida para pagarme este percance.

Empezó a pagárselo ese mismo día, bajo el estruendo de la lluvia, cuando la llevó con el tendero del pueblo, un viudo escuálido y prematuro que era muy conocido en el desierto porque pagaba a buen precio la virginidad. Ante la expectativa impávida de la abuela el viudo examinó a Eréndira con una austeridad científica: consideró la fuerza de sus muslos, el tamaño de sus senos, el diámetro de sus caderas. No dijo una palabra mientras no tuvo un cálculo de su valor.

—Todavía está muy biche —dijo entonces—, tiene teticas de perra.

Después la hizo subir en una balanza para probar con cifras su dictamen. Eréndira pesaba 42 kilos.

—No vale más de cien pesos —dijo el viudo.

La abuela se escandalizó.

—¡Cien pesos por una criatura completamente nueva! —casi gritó—. No, hombre, eso es mucho faltarle el respeto a la virtud.

—Hasta ciento cincuenta —dijo el viudo.

—La niña me ha hecho un daño de más de un millón de pesos —dijo la abuela—. A este paso le harían falta como doscientos años para pagarme.

—Por fortuna —dijo el viudo— lo único bueno que tiene es la edad.

La tormenta amenazaba con desquiciar la casa, y había tantas goteras en el techo que casi llovía adentro como fuera. La abuela se sintió sola en un mundo de desastre.

—Suba siquiera hasta trescientos —dijo.

—Doscientos cincuenta.

Al final se pusieron de acuerdo por doscientos veinte pesos en efectivo y algunas cosas de comer. La abuela le indicó entonces a Eréndira que se fuera con el viudo, y éste la condujo de la mano hacia la trastienda, como si la llevara para la escuela.

—Aquí te espero —dijo la abuela.

—Sí, abuela —dijo Eréndira.

La trastienda era una especie de cobertizo con cuatro pilares de ladrillos, un techo de palmas podridas, y una barda de adobe de un metro de altura por donde se metían en la casa los disturbios de la intemperie. Puestas en el borde de adobes había macetas de cactos y otras plantas de aridez. Colgada entre dos pilares, agitándose como la vela suelta de un balandro al garete, había una hamaca sin color. Por encima del silbido de la tormenta y los ramalazos del agua se oían gritos lejanos, aullidos de animales remotos, voces de naufragio.

Cuando Eréndira y el viudo entraron en el cobertizo tuvieron que sostenerse para que no los tumbara un golpe de lluvia que los dejó ensopados. Sus voces no se oían y sus movimientos se habían vuelto distintos por el fragor de la borrasca. A la primera tentativa del viudo Eréndira gritó algo inaudible y trató de escapar. El viudo le contestó sin voz, le torció el brazo por la muñeca y la arrastró hacia la hamaca. Ella le resistió con un arañazo en la cara y volvió a gritar en silencio, y él le respondió con una bofetada solemne que la levantó del suelo y la hizo flotar un instante en el aire con el largo cabello de medusa ondulando en el vacío, la abrazó por la cintura antes de que volviera a pisar la tierra, la derribó dentro de la hamaca con un golpe brutal, y la inmovilizó con las rodillas. Eréndira sucumbió entonces al terror, perdió el sentido, y se quedó como fascinada con las franjas de luna de un pescado que pasó navegando en el aire de la tormenta, mientras el viudo la desnudaba desgarrándole la ropa con zarpazos espaciados, como arrancando hierba, desbaratándosela en largas tiras de colores que ondulaban como serpentinas y se iban con el viento.

Cuando no hubo en el pueblo ningún otro hombre que pudiera pagar algo por el amor de Eréndira, la abuela se la llevó en un camión de carga hacia los rumbos del contrabando. Hicieron el viaje en la plataforma descubierta, entre bultos de arroz y latas de manteca, y los saldos del incendio: la cabecera de la cama virreinal, un ángel de guerra, el trono chamuscado, y otros chécheres inservibles. En un baúl con dos cruces pintadas a brocha gorda se llevaron los huesos de los Amadises.

La abuela se protegía del sol eterno con un paraguas descosido y respiraba mal por la tortura del sudor y el polvo, pero aun en aquel estado de infortunio conservaba el dominio de su dignidad. Detrás de la pila de latas y sacos de arroz, Eréndira pagó el viaje y el transporte de los muebles haciendo amores de veinte pesos con el carguero del camión. Al principio su sistema de defensa fue el mismo con que se había opuesto a la agresión del viudo. Pero el método del carguero fue distinto, lento y sabio, y terminó por amansarla con la ternura. De modo que cuando llegaron al primer pueblo, al cabo de una jornada mortal, Eréndira y el carguero se reposaban del buen amor detrás del parapeto de la carga. El conductor del camión le gritó a la abuela:

—De aquí en adelante ya todo es mundo.

La abuela observó con incredulidad las calles miserables y solitarias de un pueblo un poco más grande, pero tan triste como el que habían abandonado.

—No se nota —dijo.

—Es territorio de misiones —dijo el conductor.

—A mí no me interesa la caridad sino el contrabando —dijo la abuela.

Pendiente del diálogo detrás de la carga, Eréndira hurgaba con el dedo un saco de arroz. De pronto encontró un hilo, tiró de él, y sacó un largo collar de perlas legítimas. Lo contempló asustada, teniéndolo entre los dedos como una culebra muerta, mientras el conductor le replicaba a la abuela:

—No sueñe despierta, señora. Los contrabandistas no existen.

—¡Cómo no —dijo la abuela—, dígamelo a mí!

—Búsquelos y verá —se burló el conductor de buen humor—. Todo el mundo habla de ellos, pero nadie los ve.

El carguero se dio cuenta de que Eréndira había sacado el collar, se apresuró a quitárselo y lo metió otra vez en el saco de arroz. La abuela, que había decidido quedarse a pesar de la pobreza del pueblo, llamó entonces a la nieta para que la ayudara a bajar del camión. Eréndira se despidió del cargador con un beso apresurado pero espontáneo y cierto.

La abuela esperó sentada en el trono, en medio de la calle, hasta que acabaron de bajar la carga. Lo último fue el baúl con los restos de los Amadises.

—Esto pesa como un muerto —rió el conductor.

—Son dos —dijo la abuela—. Así que trátelos con el debido respeto.

—Apuesto que son estatuas de marfil —rió el conductor.

Puso el baúl con los huesos de cualquier modo entre los muebles chamuscados, y extendió la mano abierta frente a la abuela.

—Cincuenta pesos —dijo.

La abuela señaló al carguero.

—Ya su esclavo se pagó por la derecha.

El conductor miró sorprendido al ayudante, y éste le hizo una señal afirmativa. Volvió a la cabina del camión, donde viajaba una mujer enlutada con un niño de brazos que lloraba de calor. El carguero, muy seguro de sí mismo, le dijo entonces a la abuela:

—Eréndira se va conmigo, si usted no ordena otra cosa. Es con buenas intenciones.

La niña intervino asustada.

—¡Yo no he dicho nada!

—Lo digo yo que fui el de la idea —dijo el carguero.

La abuela lo examinó de cuerpo entero, sin disminuirlo, sino tratando de calcular el verdadero tamaño de sus agallas.

—Por mí no hay inconveniente —le dijo— si me pagas lo que perdí por su descuido. Son ochocientos sesenta y dos mil trescientos quince pesos, menos cuatrocientos veinte que ya me ha pagado, o sea ochocientos setenta y un mil ochocientos noventa y cinco.

El camión arrancó.

—Créame que le daría ese montón de plata si lo tuviera —dijo con seriedad el carguero—. La niña lo vale.

A la abuela le sentó bien la decisión del muchacho.

—Pues vuelve cuando lo tengas, hijo —le replicó en un tono simpático—, pero ahora vete, que si volvemos a sacar las cuentas todavía me estás debiendo diez pesos.

El carguero saltó en la plataforma del camión que se alejaba. Desde allí le dijo adiós a Eréndira con la mano, pero ella estaba todavía tan asustada que no le correspondió.

En el mismo solar baldío donde las dejó el camión, Eréndira y la abuela improvisaron un tenderete para vivir, con láminas de cinc y restos de alfombras asiáticas. Pusieron dos esteras en el suelo y durmieron tan bien como en la mansión, hasta que el sol abrió huecos en el techo y les ardió en la cara.

Al contrario de siempre, fue la abuela quien se ocupó aquella mañana de arreglar a Eréndira. Le pintó la cara con un estilo de belleza sepulcral que había estado de moda en su juventud, y la remató con unas pestañas postizas y un lazo de organza que parecía una mariposa en la cabeza.

—Te ves horrorosa —admitió— pero así es mejor: los hombres son muy brutos en asuntos de mujeres.

Ambas reconocieron, mucho antes de verlas, los pasos de dos mulas en la yesca del desierto. A una orden de la abuela, Eréndira se acostó en el petate como lo habría hecho una aprendiza de teatro en el momento en que iba a abrirse el telón. Apoyada en el báculo episcopal, la abuela abandonó el tenderete y se sentó en el trono a esperar el paso de las mulas.

Se acercaba el hombre del correo. No tenía más de veinte años, aunque estaba envejecido por el oficio, y llevaba un vestido de caqui, polainas, casco de corcho, y una pistola de militar en el cinturón de cartucheras. Montaba una buena mula, y llevaba otra de cabestro, menos entera, sobre la cual se amontonaban los sacos de lienzo del correo.

Al pasar frente a la abuela la saludó con la mano y siguió de largo. Pero ella le hizo una señal para que echara una mirada dentro del tenderete. El hombre se detuvo, y vio a Eréndira acostada en la estera con sus afeites póstumos y un traje de cenefas moradas.

—¿Te gusta? —preguntó la abuela.

El hombre del correo no comprendió hasta entonces lo que le estaban proponiendo.

—En ayunas no está mal —sonrió.

—Cincuenta pesos —dijo la abuela.

—¡Hombre, lo tendrá de oro! —dijo él—. Eso es lo que me cuesta la comida de un mes.

—No seas estreñido —dijo la abuela—. El correo aéreo tiene mejor sueldo que un cura.

—Yo soy el correo nacional —dijo el hombre—. El correo aéreo es ese que anda en un camioncito.

—De todos modos el amor es tan importante como la comida —dijo la abuela.

—Pero no alimenta.

La abuela comprendió que a un hombre que vivía de las esperanzas ajenas le sobraba demasiado tiempo para regatear.

—¿Cuánto tienes? —le preguntó.

El correo desmontó, sacó del bolsillo unos billetes masticados y se los mostró a la abuela. Ella los cogió todos juntos con una mano rapaz como si fuera una pelota.

—Te lo rebajo —dijo— pero con una condición: haces correr la voz por todas partes.

—Hasta el otro lado del mundo —dijo el hombre del correo—. Para eso sirvo.

Eréndira, que no había podido parpadear, se quitó entonces las pestañas postizas y se hizo a un lado en la estera para dejarle espacio al novio casual. Tan pronto como él entró en el tenderete, la abuela cerró la entrada con un tirón enérgico de la cortina corrediza.

Fue un trato eficaz. Cautivados por las voces del correo, vinieron hombres desde muy lejos a conocer la novedad de Eréndira. Detrás de los hombres vinieron mesas de lotería y puestos de comida, y detrás de todos vino un fotógrafo en bicicleta que instaló frente al campamento una cámara de caballete con manga de luto, y un telón de fondo con un lago de cisnes inválidos.

La abuela, abanicándose en el trono, parecía ajena a su propia feria. Lo único que le interesaba era el orden en la fila de clientes que esperaban turno, y la exactitud del dinero que pagaban por adelantado para entrar con Eréndira. Al principio había sido tan severa que hasta llegó a rechazar un buen cliente porque le hicieron falta cinco pesos. Pero con el paso de los meses fue asimilando las lecciones de la realidad, y terminó por admitir que completaran el pago con medallas de santos, reliquias de familia, anillos matrimoniales, y todo cuanto fuera capaz de demostrar, mordiéndolo, que era oro de buena ley aunque no brillara.

Al cabo de una larga estancia en aquel primer pueblo, la abuela tuvo suficiente dinero para comprar un burro, y se internó en el desierto en busca de otros lugares más propicios para cobrarse la deuda. Viajaba en unas angarillas que habían improvisado sobre el burro, y se protegía del sol inmóvil con el paraguas desvarillado que Eréndira sostenía sobre su cabeza. Detrás de ellas caminaban cuatro indios de carga con los pedazos del campamento: los petates de dormir, el trono restaurado, el ángel de alabastro y el baúl con los restos de los Amadises. El fotógrafo perseguía la caravana en su bicicleta, pero sin darle alcance, como si fuera para otra fiesta.

Habían transcurrido seis meses desde el incendio cuando la abuela pudo tener una visión entera del negocio.

—Si las cosas siguen así —le dijo a Eréndira— me habrás pagado la deuda dentro de ocho años, siete meses y once días.

Volvió a repasar sus cálculos con los ojos cerrados, rumiando los granos que sacaba de una faltriquera de jareta donde tenía también el dinero, y precisó:

—Claro que todo eso es sin contar el sueldo y la comida de los indios y otros gastos menores.

Eréndira, que caminaba al paso del burro agobiada por el calor y el polvo, no hizo ningún reproche a las cuentas de la abuela, pero tuvo que reprimirse para no llorar.

—Tengo vidrio molido en los huesos —dijo.

—Trata de dormir.

—Sí, abuela.

Cerró los ojos, respiró a fondo una bocanada de aire abrasante, y siguió caminando dormida.

Una camioneta cargada de jaulas apareció espantando chivos entre la polvareda del horizonte, y el alboroto de los pájaros fue un chorro de agua fresca en el sopor dominical de San Miguel del Desierto. Al volante iba un corpulento granjero holandés con el pellejo astillado por la intemperie, y unos bigotes color de ardilla que había heredado de algún bisabuelo. Su hijo Ulises, que viajaba en el otro asiento, era un adolescente dorado, de ojos marítimos y solitarios, y con la identidad de un ángel furtivo. Al holandés le llamó la atención una tienda de campaña frente a la cual esperaban turno todos los soldados de la guarnición local. Estaban sentados en el suelo, bebiendo de una misma botella que se pasaban de boca en boca, y tenían ramas de almendros en la cabeza como si estuvieran emboscados para un combate. El holandés preguntó en su lengua:

—¿Qué diablos venderán ahí?

—Una mujer —le contestó su hijo con toda naturalidad—. Se llama Eréndira.

—¿Cómo lo sabes?

—Todo el mundo lo sabe en el desierto —contestó Ulises.

El holandés descendió en el hotelito del pueblo. Ulises se demoró en la camioneta, abrió con dedos ágiles una cartera de negocios que su padre había dejado en el asiento, sacó un mazo de billetes, se metió varios en los bolsillos, y volvió a dejar todo como estaba. Esa noche, mientras su padre dormía, se salió por la ventana del hotel y se fue a hacer la cola frente a la carpa de Eréndira.

La fiesta estaba en su esplendor. Los reclutas borrachos bailaban solos para no desperdiciar la música gratis, y el fotógrafo tomaba retratos nocturnos con papeles de magnesio. Mientras controlaba el negocio, la abuela contaba billetes en el regazo, los repartía en gavillas iguales y los ordenaba dentro de un cesto. No había entonces más de doce soldados, pero la fila de la tarde había crecido con clientes civiles. Ulises era el último.

El turno le correspondía a un soldado de ámbito lúgubre. La abuela no sólo le cerró el paso, sino que esquivó el contacto con su dinero.

—No, hijo —le dijo—, tú no entras ni por todo el oro del moro. Eres pavoso.

El soldado, que no era de aquellas tierras, se sorprendió.

—¿Qué es eso?

—Que contagias la mala sombra —dijo la abuela—. No hay más que verte la cara.

Lo apartó con la mano, pero sin tocarlo, y le dio paso al soldado siguiente.

—Entra tú, dragoneante —le dijo de buen humor—. Y no te demores, que la patria te necesita.

El soldado entró, pero volvió a salir inmediatamente, porque Eréndira quería hablar con la abuela. Ella se colgó del brazo el cesto de dinero y entró en la tienda de campaña, cuyo espacio era estrecho, pero ordenado y limpio. Al fondo, en una cama de lienzo, Eréndira no podía reprimir el temblor del cuerpo, estaba maltratada y sucia de sudor de soldados.

—Abuela —sollozó—, me estoy muriendo.

La abuela le tocó la frente, y al comprobar que no tenía fiebre, trató de consolarla.

—Ya no faltan más de diez militares —dijo.

Eréndira rompió a llorar con unos chillidos de animal azorado. La abuela supo entonces que había traspuesto los límites del horror, y acariciándole la cabeza la ayudó a calmarse.

—Lo que pasa es que estás débil —le dijo—. Anda, no llores más, báñate con agua de salvia para que se te componga la sangre.

Salió de la tienda cuando Eréndira empezó a serenarse, y le devolvió el dinero al soldado que esperaba. «Se acabó por hoy», le dijo. «Vuelve mañana y te doy el primer lugar.» Luego gritó a los de la fila:

—Se acabó, muchachos. Hasta mañana a las nueve.

Soldados y civiles rompieron filas con gritos de protesta. La abuela se les enfrentó de buen talante pero blandiendo en serio el báculo devastador.

—¡Desconsiderados! ¡Mampolones! —gritaba—. Qué se creen, que esa criatura es de fierro. Ya quisiera yo verlos en su situación. ¡Pervertidos! ¡Apátridas de mierda!

Los hombres le replicaban con insultos más gruesos, pero ella terminó por dominar la revuelta y se mantuvo en guardia con el báculo hasta que se llevaron las mesas de fritanga y desmontaron los puestos de lotería. Se disponía a volver a la tienda cuando vio a Ulises de cuerpo entero, solo, en el espacio vacío y oscuro donde antes estuvo la fila de hombres. Tenía un aura irreal y parecía visible en la penumbra por el fulgor propio de su belleza.

—Y tú —le dijo la abuela—, ¿dónde dejaste las alas?

—El que las tenía era mi abuelo —contestó Ulises con su naturalidad—, pero nadie lo cree.

La abuela volvió a examinarlo con una atención hechizada. «Pues yo sí lo creo», dijo. «Tráelas puestas mañana.» Entró en la tienda y dejó a Ulises ardiendo en su sitio.

Eréndira se sintió mejor después del baño. Se había puesto una combinación corta y bordada, y se estaba secando el pelo para acostarse, pero aún hacía esfuerzos por reprimir las lágrimas. La abuela dormía.

Por detrás de la cama de Eréndira, muy despacio, Ulises asomó la cabeza. Ella vio los ojos ansiosos y diáfanos, pero antes de decir nada se frotó la cara con la toalla para probarse que no era una ilusión. Cuando Ulises parpadeó por primera vez, Eréndira le preguntó en voz muy baja:

—Quién tú eres.

Ulises se mostró hasta los hombros. «Me llamo Ulises», dijo. Le enseñó los billetes robados y agregó:

—Traigo la plata.

Eréndira puso las manos sobre la cama, acercó su cara a la de Ulises, y siguió hablando con él como en un juego de escuela primaria.

—Tenías que ponerte en la fila —le dijo.

—Esperé toda la noche —dijo Ulises.

—Pues ahora tienes que esperarte hasta mañana

—dijo Eréndira—. Me siento como si me hubieran dado trancazos en los riñones.

En ese instante la abuela empezó a hablar dormida.

—Va a hacer veinte años que llovió la última vez —dijo—. Fue una tormenta tan terrible que la lluvia vino revuelta con agua del mar, y la casa amaneció llena de pescados y caracoles, y tu abuelo Amadís, que en paz descanse, vio una mantarraya luminosa navegando por el aire.

Ulises se volvió a esconder detrás de la cama. Eréndira hizo una sonrisa divertida.

—Tate sosiego —le dijo—. Siempre se vuelve como loca cuando está dormida, pero no la despierta ni un temblor de tierra.

Ulises se asomó de nuevo. Eréndira lo contempló con una sonrisa traviesa y hasta un poco cariñosa, y quitó de la estera la sábana usada.

—Ven —le dijo—, ayúdame a cambiar la sábana.

Entonces Ulises salió de detrás de la cama y cogió la sábana por un extremo. Como era una sábana mucho más grande que la estera se necesitaban varios tiempos para doblarla. Al final de cada doblez Ulises estaba más cerca de Eréndira.

—Estaba loco por verte —dijo de pronto—. Todo el mundo dice que eres muy bella, y es verdad.

—Pero me voy a morir —dijo Eréndira.

—Mi mamá dice que los que se mueren en el desierto no van al cielo sino al mar —dijo Ulises.

Eréndira puso aparte la sábana sucia y cubrió la estera con otra limpia y aplanchada.

—No conozco el mar —dijo.

—Es como el desierto, pero con agua —dijo Ulises.

—Entonces no se puede caminar.

—Mi papá conoció un hombre que sí podía —dijo Ulises— pero hace mucho tiempo.

Eréndira estaba encantada pero quería dormir.

—Si vienes mañana bien temprano te pones en el primer puesto —dijo.

—Me voy con mi papá por la madrugada —dijo Ulises.

—¿Y no vuelven a pasar por aquí?

—Quién sabe cuándo —dijo Ulises—. Ahora pasamos por casualidad porque nos perdimos en el camino de la frontera.

Eréndira miró pensativa a la abuela dormida.

—Bueno —decidió—, dame la plata.

Ulises se la dio. Eréndira se acostó en la cama, pero él se quedó trémulo en su sitio: en el instante decisivo su determinación había flaqueado. Eréndira le cogió de la mano para que se diera prisa, y sólo entonces advirtió su tribulación. Ella conocía ese miedo.

—¿Es la primera vez? —le preguntó.

Ulises no contestó, pero hizo una sonrisa desolada. Eréndira se volvió distinta.

—Respira despacio —le dijo—. Así es siempre al principio, y después ni te das cuenta.

Lo acostó a su lado, y mientras le quitaba la ropa lo fue apaciguando con recursos maternos.

—¿Cómo es que te llamas?

—Ulises.

—Es nombre de gringo —dijo Eréndira.

—No, de navegante.

Eréndira le descubrió el pecho, le dio besitos huérfanos, lo olfateó.

—Pareces todo de oro —dijo— pero hueles a flores.

—Debe ser a naranjas —dijo Ulises.

Ya más tranquilo, hizo una sonrisa de complicidad.

—Andamos con muchos pájaros para despistar —agregó—, pero lo que llevamos a la frontera es un contrabando de naranjas.

—Las naranjas no son contrabando —dijo Eréndira.

—Éstas sí —dijo Ulises—. Cada una cuesta cincuenta mil pesos.

Eréndira se rió por primera vez en mucho tiempo.

—Lo que más me gusta de ti —dijo— es la seriedad con que inventas disparates.

Se había vuelto espontánea y locuaz, como si la inocencia de Ulises le hubiera cambiado no sólo el humor, sino también la índole. La abuela, a tan escasa distancia de la fatalidad, siguió hablando dormida.

—Por estos tiempos, a principios de marzo, te trajeron a la casa —dijo—. Parecías una lagartija envuelta en algodones. Amadís, tu padre, que era joven y guapo, estaba tan contento aquella tarde que mandó a buscar como veinte carretas cargadas de flores, y llegó gritando y tirando flores por la calle, hasta que todo el pueblo se quedó dorado de flores como el mar.

Deliró varias horas, a grandes voces, y con una pasión obstinada. Pero Ulises no la oyó, porque Eréndira lo había querido tanto, y con tanta verdad, que lo volvió a querer por la mitad de su precio mientras la abuela deliraba, y lo siguió queriendo sin dinero hasta el amanecer.

Un grupo de misioneros con los crucifijos en alto se había plantado hombro contra hombro en medio del desierto. Un viento tan bravo como el de la desgracia sacudía sus hábitos de cañamazo y sus barbas cerriles, y apenas les permitía tenerse en pie. Detrás de ellos estaba la casa de la misión, un promontorio colonial con un campanario minúsculo sobre los muros ásperos y encalados.

El misionero más joven, que comandaba el grupo, señaló con el índice una grieta natural en el suelo de arcilla vidriada.

—No pasen esa raya —gritó.

Los cuatro cargadores indios que transportaban a la abuela en un palanquín de tablas se detuvieron al oír el grito. Aunque iba mal sentada en el piso del palanquín y tenía el ánimo entorpecido por el polvo y el sudor del desierto, la abuela se mantenía en su altivez. Eréndira iba a pie. Detrás del palanquín había una fila de ocho indios de carga, y en último término el fotógrafo en la bicicleta.

—El desierto no es de nadie —dijo la abuela.

—Es de Dios —dijo el misionero—, y estáis violando sus santas leyes con vuestro tráfico inmundo.

La abuela reconoció entonces la forma y la dicción peninsulares del misionero, y eludió el encuentro frontal para no descalabrarse contra su intransigencia. Volvió a ser ella misma.

—No entiendo tus misterios, hijo.

El misionero señaló a Eréndira.

—Esa criatura es menor de edad.

—Pero es mi nieta.

—Tanto peor —replicó el misionero—. Ponla bajo nuestra custodia, por las buenas, o tendremos que recurrir a otros métodos.

La abuela no esperaba que llegaran a tanto.

—Está bien, aríjuna —cedió asustada—. Pero tarde o temprano pasaré, ya lo verás.

Tres días después del encuentro con los misioneros, la abuela y Eréndira dormían en un pueblo próximo al convento, cuando unos cuerpos sigilosos, mudos, reptando como patrullas de asalto, se deslizaron en la tienda de campaña. Eran seis novicias indias, fuertes y jóvenes, con los hábitos de lienzo crudo que parecían fosforescentes en las ráfagas de luna. Sin hacer un solo ruido cubrieron a Eréndira con un toldo de mosquitero, la levantaron sin despertarla, y se la llevaron envuelta como un pescado grande y frágil capturado en una red lunar.

No hubo un recurso que la abuela no intentara para rescatar a la nieta de la tutela de los misioneros. Sólo cuando le fallaron todos, desde los más derechos hasta los más torcidos, recurrió a la autoridad civil, que era ejercida por un militar. Lo encontró en el patio de su casa, con el torso desnudo, disparando con un rifle de guerra contra una nube oscura y solitaria en el cielo ardiente. Trataba de perforarla para que lloviera, y sus disparos eran encarnizados e inútiles pero hizo las pausas necesarias para escuchar a la abuela.

—Yo no puedo hacer nada —le explicó, cuando acabó de oírla—, los padrecitos, de acuerdo con el Concordato, tienen derecho a quedarse con la niña hasta que sea mayor de edad. O hasta que se case.

—¿Y entonces para qué lo tienen a usted de alcalde? —preguntó la abuela.

—Para que haga llover —dijo el alcalde.

Luego, viendo que la nube se había puesto fuera de su alcance, interrumpió sus deberes oficiales y se ocupó por completo de la abuela.

—Lo que usted necesita es una persona de mucho peso que responda por usted —le dijo—. Alguien que garantice su moralidad y sus buenas costumbres con una carta firmada. ¿No conoce al senador Onésimo Sánchez?

Sentada bajo el sol puro en un taburete demasiado estrecho para sus nalgas siderales, la abuela contestó con una rabia solemne:

—Soy una pobre mujer sola en la inmensidad del desierto.

El alcalde, con el ojo derecho torcido por el calor, la contempló con lástima.

—Entonces no pierda más el tiempo, señora —dijo—. Se la llevó el carajo.

No se la llevó, por supuesto. Plantó la tienda frente al convento de la misión, y se sentó a pensar, como un guerrero solitario que mantuviera en estado de sitio una ciudad fortificada. El fotógrafo ambulante, que la conocía muy bien, cargó sus bártulos en la parrilla de la bicicleta y se dispuso a marcharse solo cuando la vio a pleno sol, y con los ojos fijos en el convento.

—Vamos a ver quién se cansa primero —dijo la abuela—, ellos o yo.

—Ellos están ahí hace 300 años, y todavía aguantan —dijo el fotógrafo—. Yo me voy.

Sólo entonces vio la abuela la bicicleta cargada.

—Para dónde vas.

—Para donde me lleve el viento —dijo el fotógrafo, y se fue—. El mundo es grande.

La abuela suspiró.

—No tanto como tú crees, desmerecido.

Pero no movió la cabeza a pesar del rencor, para no apartar la vista del convento. No la apartó durante muchos días de calor mineral, durante muchas noches de vientos perdidos, durante el tiempo de la meditación en que nadie salió del convento. Los indios construyeron un cobertizo de palma junto a la tienda, y allí colgaron sus chinchorros, pero la abuela velaba hasta muy tarde, cabeceando en el trono, y rumiando los cereales crudos de su faltriquera con la desidia invencible de un buey acostado.

Una noche pasó muy cerca de ella una fila de camiones tapados, lentos, cuyas únicas luces eran unas guirnaldas de focos de colores que les daban un tamaño espectral de altares sonámbulos. La abuela los reconoció de inmediato, porque eran iguales a los camiones de los Amadises. El último del convoy se retrasó, se detuvo, y un hombre bajó de la cabina a arreglar algo en la plataforma de carga. Parecía una réplica de los Amadises, con una gorra de ala algo volteada, botas altas, dos cananas cruzadas en el pecho, un fusil militar y dos pistolas. Vencida por una tentación irresistible, la abuela llamó al hombre.

—¿No sabes quién soy? —le preguntó.

El hombre la alumbró sin piedad con una linterna de pilas. Contempló un instante el rostro estragado por la vigilia, los ojos apagados de cansancio, el cabello marchito de la mujer que aun a su edad, en su mal estado y con aquella luz cruda en la cara, hubiera podido decir que había sido la más bella del mundo. Cuando la examinó bastante para estar seguro de no haberla visto nunca, apagó la linterna.

—Lo único que sé con toda seguridad —dijo— es que usted no es la Virgen de los Remedios.

—Todo lo contrario —dijo la abuela con una voz dulce—. Soy la Dama.

El hombre puso la mano en la pistola por puro instinto.

—¡Cuál dama!

—La de Amadís el grande.

—Entonces no es de este mundo —dijo él, tenso—. ¿Qué es lo que quiere?

—Que me ayuden a rescatar a mi nieta, nieta de Amadís el grande, hija de nuestro Amadís, que está presa en ese convento.

El hombre se sobrepuso al temor.

—Se equivocó de puerta —dijo—. Si cree que somos capaces de atravesarnos en las cosas de Dios, usted no es la que dice que es, ni conoció siquiera a los Amadises, ni tiene la más puta idea de lo que es el matute.

Esa madrugada la abuela durmió menos que las anteriores. La pasó rumiando, envuelta en una manta de lana, mientras el tiempo de la noche le equivocaba la memoria, y los delirios reprimidos pugnaban por salir aunque estuviera despierta, y tenía que apretarse el corazón con la mano para que no la sofocara el recuerdo de una casa de mar con grandes flores coloradas donde había sido feliz. Así se mantuvo hasta que sonó la campana del convento, y se encendieron las primeras luces en las ventanas y el desierto se saturó del olor a pan caliente de los maitines. Sólo entonces se abandonó al cansancio, engañada por la ilusión de que Eréndira se había levantado y estaba buscando el modo de escaparse para volver con ella.

Eréndira, en cambio, no perdió ni una noche de sueño desde que la llevaron al convento. Le habían cortado el cabello con unas tijeras de podar hasta dejarle la cabeza como un cepillo, le pusieron el rudo balandrán de lienzo de las reclusas y le entregaron un balde de agua de cal y una escoba para que encalara los peldaños de las escaleras cada vez que alguien las pisara. Era un oficio de mula, porque había un subir y bajar incesante de misioneros embarrados y novicias de carga, pero Eréndira lo sintió como un domingo de todos los días después de la galera mortal de la cama. Además, no era ella la única agotada al anochecer, pues aquel convento no estaba consagrado a la lucha contra el demonio sino contra el desierto. Eréndira había visto a las novicias indígenas desbravando las vacas a pescozones para ordeñarlas en los establos, saltando días enteros sobre las tablas para exprimir los quesos, asistiendo a las cabras en un mal parto. Las había visto sudar como estibadores curtidos sacando el agua del aljibe, irrigando a pulso un huerto temerario que otras novicias habían labrado con azadones para plantar legumbres en el pedernal del desierto. Había visto el infierno terrestre de los hornos de pan y los cuartos de plancha. Había visto a una monja persiguiendo a un cerdo por el patio, la vio resbalar contra el cerdo cimarrón agarrado por las orejas y revolcarse en un barrizal sin soltarlo, hasta que dos novicias con delantales de cuero la ayudaron a someterlo, y una de ellas lo degolló con un cuchillo de matarife y todas quedaron empapadas de sangre y de lodo. Había visto en el pabellón apartado del hospital a las monjas tísicas con sus camisones de muertas, que esperaban la última orden de Dios bordando sábanas matrimoniales en las terrazas, mientras los hombres de la misión predicaban en el desierto. Eréndira vivía en su penumbra, descubriendo otras formas de belleza y de horror que nunca había imaginado en el mundo estrecho de la cama, pero ni las novicias más montaraces ni las más persuasivas habían logrado que dijera una palabra desde que la llevaron al convento. Una mañana, cuando estaba aguando la cal en el balde, oyó una música de cuerdas que parecía una luz más diáfana en la luz del desierto. Cautivada por el milagro, se asomó a un salón inmenso y vacío de paredes desnudas y ventanas grandes por donde entraba a golpes y se quedaba estancada la claridad deslumbrante de junio, y en el centro del salón vio a una monja bella que no había visto antes, tocando un oratorio de Pascua en el clavicémbalo. Eréndira escuchó la música sin parpadear, con el alma en un hilo, hasta que sonó la campana para comer. Después del almuerzo, mientras blanqueaba la escalera con la brocha de esparto, esperó a que todas las novicias acabaran de subir y bajar, se quedó sola, donde nadie pudiera oírla, y entonces habló por primera vez desde que entró en el convento.

—Soy feliz —dijo.

De modo que a la abuela se le acabaron las esperanzas de que Eréndira escapara para volver con ella, pero mantuvo su asedio de granito, sin tomar ninguna determinación, hasta el domingo de Pentecostés. Por esa época los misioneros rastrillaban el desierto persiguiendo concubinas encinta para casarlas. Iban hasta las rancherías más olvidadas en un camioncito decrépito, con cuatro hombres de tropa bien armados y un arcón de géneros de pacotilla. Lo más difícil de aquella cacería de indios era convencer a las mujeres, que se defendían de la gracia divina con el argumento verídico de que los hombres se sentían con derecho a exigirles a las esposas legítimas un trabajo más rudo que a las concubinas, mientras ellos dormían despernancados en los chinchorros. Había que seducirlas con recursos de engaño, disolviéndoles la voluntad de Dios en el jarabe de su propio idioma para que la sintieran menos áspera, pero hasta las más retrecheras terminaban convencidas por unos aretes de oropel. A los hombres, en cambio, una vez obtenida la aceptación de la mujer, los sacaban a culatazos de los chinchorros y se los llevaban amarrados en la plataforma de carga, para casarlos a la fuerza.

Durante varios días la abuela vio pasar hacia el convento el camioncito cargado de indias encinta, pero no reconoció su oportunidad. La reconoció el propio domingo de Pentecostés, cuando oyó los cohetes y los repiques de las campanas, y vio la muchedumbre miserable y alegre que pasaba para la fiesta, y vio que entre las muchedumbres había mujeres encinta con velos y coronas de novia, llevando del brazo a los maridos de casualidad para volverlos legítimos en la boda colectiva.

Entre los últimos del desfile pasó un muchacho de corazón inocente, de pelo indio cortado como una totuma y vestido de andrajos, que llevaba en la mano un cirio pascual con un lazo de seda. La abuela lo llamó.

—Dime una cosa, hijo —le preguntó con su voz más tersa—. ¿Qué vas a hacer tú en esa cumbiamba?

El muchacho se sentía intimidado con el cirio, y le costaba trabajo cerrar la boca por sus dientes de burro.

—Es que los padrecitos me van a hacer la primera comunión —dijo.

—¿Cuánto te pagaron?

—Cinco pesos.

La abuela sacó de la faltriquera un rollo de billetes que el muchacho miró asombrado.

—Yo te voy a dar veinte —dijo la abuela—. Pero no para que hagas la primera comunión, sino para que te cases.

—¿Y eso con quién?

—Con mi nieta.

Así que Eréndira se casó en el patio del convento, con el balandrán de reclusa y una mantilla de encaje que le regalaron las novicias, y sin saber al menos cómo se llamaba el esposo que le había comprado su abuela. Soportó con una esperanza incierta el tormento de las rodillas en el suelo de caliche, la peste de pellejo de chivo de las doscientas novias embarazadas, el castigo de la Epístola de San Pablo martillada en latín bajo la canícula inmóvil, porque los misioneros no encontraron recursos para oponerse a la artimaña de la boda imprevista, pero le habían prometido una última tentativa para mantenerla en el convento. Sin embargo, al término de la ceremonia, y en presencia del Prefecto Apostólico, del alcalde militar que disparaba contra las nubes, de su esposo reciente y de su abuela impasible, Eréndira se encontró de nuevo bajo el hechizo que la había dominado desde su nacimiento. Cuando le preguntaron cuál era su voluntad libre, verdadera y definitiva, no tuvo ni un suspiro de vacilación.

—Me quiero ir —dijo. Y aclaró, señalando al esposo—: Pero no me voy a ir con él sino con mi abuela.

Ulises había perdido la tarde tratando de robarse una naranja en la plantación de su padre, pues éste no le quitó la vista de encima mientras podaban los árboles enfermos, y su madre lo vigilaba desde la casa. De modo que renunció a su propósito, al menos por aquel día, y se quedó de mala gana ayudando a su padre hasta que terminaron de podar los últimos naranjos.

La extensa plantación era callada y oculta, y la casa de madera con techo de latón tenía mallas de cobre en las ventanas y una terraza grande montada sobre pilotes, con plantas primitivas de flores intensas. La madre de Ulises estaba en la terraza, tumbada en un mecedor vienés y con hojas ahumadas en las sienes para aliviar el dolor de cabeza, y su mirada de india pura seguía los movimientos del hijo como un haz de luz invisible hasta los lugares más esquivos del naranjal. Era muy bella, mucho más joven que el marido, y no sólo continuaba vestida con el camisón de la tribu, sino que conocía los secretos más antiguos de su sangre.

Cuando Ulises volvió a la casa con los hierros de podar, su madre le pidió la medicina de las cuatro, que estaba en una mesita cercana. Tan pronto como él los tocó, el vaso y el frasco cambiaron de color. Luego tocó por simple travesura una jarra de cristal que estaba en la mesa con otros vasos, y también la jarra se volvió azul. Su madre lo observó mientras tomaba la medicina, y cuando estuvo segura de que no era un delirio de su dolor le preguntó en lengua guajira:

—¿Desde cuándo te sucede?

—Desde que vinimos del desierto —dijo Ulises, también en guajiro—. Es sólo con las cosas de vidrio.

Para demostrarlo, tocó uno tras otro los vasos que estaban en la mesa, y todos cambiaron de colores diferentes.

—Esas cosas sólo suceden por amor —dijo la madre—. ¿Quién es?

Ulises no contestó. Su padre, que no sabía la lengua guajira, pasaba en ese momento por la terraza con un racimo de naranjas.

—¿De qué hablan? —le preguntó a Ulises en holandés.

—De nada especial —contestó Ulises.

La madre de Ulises no sabía el holandés. Cuando su marido entró en la casa, le preguntó al hijo en guajiro:

—¿Qué te dijo?

—Nada especial —dijo Ulises.

Perdió de vista a su padre cuando entró en la casa, pero lo volvió a ver por una ventana dentro de la oficina. La madre esperó hasta quedarse a solas con Ulises, y entonces insistió:

—Dime quién es.

—No es nadie —dijo Ulises.

Contestó sin atención, porque estaba pendiente

127

de los movimientos de su padre dentro de la oficina. Lo había visto poner las naranjas sobre la caja de caudales para componer la clave de la combinación. Pero mientras él vigilaba a su padre, su madre lo vigilaba a él.

—Hace mucho tiempo que no comes pan —observó ella.

—No me gusta.

El rostro de la madre adquirió de pronto una vivacidad insólita. «Mentira», dijo. «Es porque estás mal de amor, y los que están así no pueden comer pan.» Su voz, como sus ojos, habían pasado de la súplica a la amenaza.

—Más vale que me digas quién es —dijo—, o te doy a la fuerza unos baños de purificación.

En la oficina, el holandés abrió la caja de caudales, puso dentro las naranjas, y volvió a cerrar la puerta blindada. Ulises se apartó entonces de la ventana y le replicó a su madre con impaciencia.

—Ya te dije que no es nadie —dijo—. Si no me crees, pregúntaselo a mi papá.

El holandés apareció en la puerta de la oficina encendiendo la pipa de navegante, y con su biblia descosida bajo el brazo. La mujer le preguntó en castellano:

—¿A quién conocieron en el desierto?

—A nadie —le contestó su marido, un poco en las nubes—. Si no me crees, pregúntaselo a Ulises.

Se sentó en el fondo del corredor a chupar la pipa hasta que se le agotó la carga. Después abrió la biblia al azar y recitó fragmentos salteados durante casi dos horas en un holandés fluido y altisonante.

A media noche, Ulises seguía pensando con tanta intensidad que no podía dormir. Se revolvió en el chinchorro una hora más, tratando de dominar el dolor de los recuerdos, hasta que el propio dolor le dio la fuerza que le hacía falta para decidir. Entonces se puso los pantalones de vaquero, la camisa de cuadros escoceses y las botas de montar, y saltó por la ventana y se fugó de la casa en la camioneta cargada de pájaros. Al pasar por la plantación arrancó las tres naranjas maduras que no había podido robarse en la tarde.

Viajó por el desierto el resto de la noche, y al amanecer preguntó por pueblos y rancherías cuál era el rumbo de Eréndira, pero nadie le daba razón. Por fin le informaron que andaba detrás de la comitiva electoral del senador Onésimo Sánchez y que éste debía de estar aquel día en la Nueva Castilla. No lo encontró allí, sino en el pueblo siguiente, y ya Eréndira no andaba con él, pues la abuela había conseguido que el senador avalara su moralidad con una carta de su puño y letra, y se iba abriendo con ella las puertas mejor trancadas del desierto. Al tercer día se encontró con el hombre del correo nacional, y éste le indicó la dirección que buscaba.

—Van para el mar —le dijo—. Y apúrate, que la intención de la jodida vieja es pasarse para la isla de Aruba.

En ese rumbo, Ulises divisó al cabo de media jornada la carpa amplia y percudida que la abuela le había comprado a un circo en derrota. El fotógrafo errante había vuelto con ella, convencido de que en efecto el mundo no era tan grande como pensaba, y tenía instalados cerca de la carpa sus telones idílicos. Una banda de chupacobres cautivaba a los clientes de Eréndira con un vals taciturno.

Ulises esperó su turno para entrar, y lo primero

que le llamó la atención fue el orden y la limpieza en el interior de la carpa. La cama de la abuela había recuperado su esplendor virreinal, la estatua del ángel estaba en su lugar junto al baúl funerario de los Amadises, y había además una bañera de peltre con patas de león. Acostada en su nuevo lecho de marquesina, Eréndira estaba desnuda y plácida, e irradiaba un fulgor infantil bajo la luz filtrada de la carpa. Dormía con los ojos abiertos. Ulises se detuvo junto a ella, con las naranjas en la mano, y advirtió que lo estaba mirando sin verlo. Entonces pasó la mano frente a sus ojos y la llamó con el nombre que había inventado para pensar en ella:

—Arídnere.

Eréndira despertó. Se sintió desnuda frente a Ulises, hizo un chillido sordo y se cubrió con la sábana hasta la cabeza.

—No me mires —dijo—. Estoy horrible.

—Estás toda color de naranja —dijo Ulises. Puso las frutas a la altura de sus ojos para que ella comparara—. Mira.

Eréndira se descubrió los ojos y comprobó que en efecto las naranjas tenían su color.

—Ahora no quiero que te quedes —dijo.

—Sólo entré para mostrarte esto —dijo Ulises—. Fíjate.

Rompió una naranja con las uñas, la partió con las dos manos, y le mostró a Eréndira el interior: clavado en el corazón de la fruta había un diamante legítimo.

—Éstas son las naranjas que llevamos a la frontera —dijo.

—¡Pero son naranjas vivas! —exclamó Eréndira.

—Claro —sonrió Ulises—. Las siembra mi papá.

Eréndira no lo podía creer. Se descubrió la cara, cogió el diamante con los dedos y lo contempló asombrada.

—Con tres así le damos la vuelta al mundo —dijo Ulises.

Eréndira le devolvió el diamante con un aire de desaliento. Ulises insistió.

—Además tengo una camioneta —dijo—. Y además... ¡Mira!

Se sacó de debajo de la camisa una pistola arcaica.

—No puedo irme antes de diez años —dijo Eréndira.

—Te irás —dijo Ulises—. Esta noche, cuando se duerma la ballena blanca, yo estaré ahí fuera, cantando como la lechuza.

Hizo una imitación tan real del canto de la lechuza, que los ojos de Eréndira sonrieron por primera vez.

—Es mi abuela —dijo.

—¿La lechuza?

—La ballena.

Ambos se rieron del equívoco, pero Eréndira retomó el hilo.

—Nadie puede irse para ninguna parte sin permiso de su abuela.

—No hay que decirle nada.

—De todos modos lo sabrá —dijo Eréndira—: ella sueña las cosas.

—Cuando empiece a soñar que te vas, ya estaremos del otro lado de la frontera. Pasaremos como los contrabandistas... —dijo Ulises.

Empuñando la pistola con un dominio de atarbán de cine imitó el sonido de los disparos para embullar a Eréndira con su audacia. Ella no dijo ni que sí ni que no, pero sus ojos suspiraron, y despidió a Ulises con un beso. Ulises, conmovido, murmuró:

—Mañana veremos pasar los buques.

Aquella noche, poco después de las siete, Eréndira estaba peinando a la abuela cuando volvió a soplar el viento de su desgracia. Al abrigo de la carpa estaban los indios cargadores y el director de la charanga esperando el pago de su sueldo. La abuela acabó de contar los billetes de un arcón que tenía a su alcance, y después de consultar un cuaderno de cuentas le pagó al mayor de los indios.

—Aquí tienes —le dijo—: veinte pesos la semana, menos ocho de la comida, menos tres del agua, menos cincuenta centavos a buena cuenta de las camisas nuevas, son ocho con cincuenta. Cuéntalos bien.

El indio mayor contó el dinero, y todos se retiraron con una reverencia.

—Gracias, blanca.

El siguiente era el director de los músicos. La abuela consultó el cuaderno de cuentas, y se dirigió al fotógrafo, que estaba tratando de remendar el fuelle de la cámara con pegotes de gutapercha.

—En qué quedamos —le dijo—, ¿pagas o no pagas la cuarta parte de la música?

El fotógrafo ni siquiera levantó la cabeza para contestar.

—La música no sale en los retratos.

—Pero despierta a la gente las ganas de retratarse —replicó la abuela.

—Al contrario —dijo el fotógrafo—, les recuerda a los muertos, y luego salen en los retratos con los ojos cerrados.

El director de la charanga intervino.

—Lo que hace cerrar los ojos no es la música —dijo—, son los relámpagos de retratar de noche.

—Es la música —insistió el fotógrafo.

La abuela le puso término a la disputa. «No seas truñuño», le dijo al fotógrafo. «Fíjate lo bien que le va al senador Onésimo Sánchez, y es gracias a los músicos que lleva.» Luego, de un modo duro, concluyó:

—De modo que pagas la parte que te corresponde, o sigues solo con tu destino. No es justo que esa pobre criatura lleve encima todo el peso de los gastos.

—Sigo solo con mi destino —dijo el fotógrafo—. Al fin y al cabo, yo lo que soy es un artista.

La abuela se encogió de hombros y se ocupó del músico. Le entregó un mazo de billetes, de acuerdo con la cifra escrita en el cuaderno.

—Doscientas cincuenta y cuatro piezas —le dijo— a cincuenta centavos cada una, más treinta y dos en domingos y días feriados, a sesenta centavos cada una, son ciento cincuenta y seis con veinte.

El músico no recibió el dinero.

—Son ciento ochenta y dos con cuarenta —dijo—. Los valses son más caros.

—¿Y eso por qué?

—Porque son más tristes —dijo el músico.

La abuela lo obligó a que cogiera el dinero.

—Pues esta semana nos tocas dos piezas alegres por cada vals que te debo, y quedamos en paz.

El músico no entendió la lógica de la abuela, pero aceptó las cuentas mientras desenredaba el enredo. En ese instante, el viento despavorido estuvo a punto de desarraigar la carpa, y en el silencio que dejó a su paso se escuchó en el exterior, nítido y lúgubre, el canto de la lechuza.

Eréndira no supo qué hacer para disimular su turbación. Cerró el arca del dinero y la escondió debajo de la cama, pero la abuela le conoció el temor en la mano cuando le entregó la llave. «No te asustes», le dijo. «Siempre hay lechuzas en las noches de viento.» Sin embargo no dio muestras de igual convicción cuando vio salir al fotógrafo con la cámara a cuestas.

—Si quieres, quédate hasta mañana —le dijo—, la muerte anda suelta esta noche.

También el fotógrafo percibió el canto de la lechuza pero no cambió de parecer.

—Quédate, hijo —insistió la abuela—, aunque sea por el cariño que te tengo.

—Pero no pago la música —dijo el fotógrafo.

—Ah, no —dijo la abuela—. Eso no.

—¿Ya ve? —dijo el fotógrafo—. Usted no quiere a nadie.

La abuela palideció de rabia.

—Entonces lárgate —dijo—. ¡Malnacido!

Se sentía tan ultrajada, que siguió despotricando contra él mientras Eréndira la ayudaba a acostarse. «Hijo de mala madre», rezongaba. «Qué sabrá ese bastardo del corazón ajeno.» Eréndira no le puso atención, pues la lechuza la solicitaba con un apremio tenaz en las pausas del viento, y estaba atormentada por la incertidumbre. La abuela acabó de acostarse con el mismo ritual que era de rigor en la mansión antigua, y mientras la nieta la abanicaba se sobrepuso al rencor y volvió a respirar sus aires estériles.

—Tienes que madrugar —dijo entonces—, para que me hiervas la infusión del baño antes de que llegue la gente.

—Sí, abuela.

—Con el tiempo que te sobre, lava la muda sucia de los indios, y así tendremos algo más que descontarles la semana entrante.

—Sí, abuela —dijo Eréndira.

—Y duerme despacio para que no te canses, que mañana es jueves, el día más largo de la semana.

—Sí, abuela.

—Y le pones su alimento al avestruz.

—Sí, abuela —dijo Eréndira.

Dejó el abanico en la cabecera de la cama y encendió dos velas de altar frente al arcón de sus muertos. La abuela, ya dormida, le dio la orden atrasada.

—No se te olvide prender las velas de los Amadises.

—Sí, abuela.

Eréndira sabía entonces que no despertaría, porque había empezado a delirar. Oyó los ladridos del viento alrededor de la carpa, pero tampoco esa vez había reconocido el soplo de su desgracia. Se asomó a la noche hasta que volvió a cantar la lechuza, y su instinto de libertad prevaleció por fin contra el hechizo de la abuela.

No había dado cinco pasos fuera de la carpa cuando encontró al fotógrafo que estaba amarrando sus aparejos en la parrilla de la bicicleta. Su sonrisa cómplice la tranquilizó.

—Yo no sé nada —dijo el fotógrafo—, no he visto nada ni pago la música.

Se despidió con una bendición universal. Eréndira corrió entonces hacia el desierto, decidida para siempre, y se perdió en las tinieblas del viento donde cantaba la lechuza.

Esa vez la abuela recurrió de inmediato a la autoridad civil. El comandante del retén local saltó del chinchorro a las seis de la mañana, cuando ella le puso ante los ojos la carta del senador. El padre de Ulises esperaba en la puerta.

—Cómo carajo quiere que la lea —gritó el comandante— si no sé leer.

—Es una carta de recomendación del senador Onésimo Sánchez —dijo la abuela.

Sin más preguntas, el comandante descolgó un rifle que tenía cerca del chinchorro y empezó a gritar órdenes a sus agentes. Cinco minutos después estaban todos dentro de una camioneta militar, volando hacia la frontera, con un viento contrario que borraba las huellas de los fugitivos. En el asiento delantero, junto al conductor, viajaba el comandante. Detrás estaba el holandés con la abuela, y en cada estribo iba un agente armado.

Muy cerca del pueblo detuvieron una caravana de camiones cubiertos con lona impermeable. Varios hombres que viajaban ocultos en la plataforma de carga levantaron la lona y apuntaron a la camioneta con ametralladoras y rifles de guerra. El comandante le preguntó al conductor del primer camión a qué distancia había encontrado una camioneta de granja cargada de pájaros.

El conductor arrancó antes de contestar.

—Nosotros no somos chivatos —dijo indignado—. Somos contrabandistas.

El comandante vio pasar muy cerca de sus ojos los cañones ahumados de las ametralladoras, alzó los brazos y sonrió.

—Por lo menos —les gritó— tengan la vergüenza de no circular a pleno sol.

El último camión llevaba un letrero en la defensa posterior: *Pienso en ti, Eréndira.*

El viento se iba haciendo más árido a medida que avanzaban hacia el norte, y el sol era más bravo con el viento, y costaba trabajo respirar por el calor y el polvo dentro de la camioneta cerrada.

La abuela fue la primera que divisó al fotógrafo: pedaleaba en el mismo sentido en que ellos volaban, sin más amparo contra la insolación que un pañuelo amarrado en la cabeza.

—Ahí está —lo señaló—; ése fue el cómplice. Malnacido.

El comandante le ordenó a uno de los agentes del estribo que se hiciera cargo del fotógrafo.

—Agárralo y nos esperas aquí —le dijo—. Ya volvemos.

El agente saltó del estribo y le dio al fotógrafo dos voces de alto. El fotógrafo no lo oyó por el viento contrario. Cuando la camioneta se le adelantó, la abuela le hizo un gesto enigmático, pero él lo confundió con un saludo, sonrió, y le dijo adiós con la mano. No oyó el disparo. Dio una voltereta en el aire y cayó muerto sobre la bicicleta con la cabeza destrozada por una bala de rifle que nunca supo de dónde le vino.

Antes del mediodía empezaron a ver las plumas. Pasaban en el viento, y eran plumas de pájaros nuevos, y el holandés las conoció porque eran las de sus pájaros desplumados por el viento. El conductor corrigió el rumbo, hundió a fondo el pedal, y antes de media hora divisaron la camioneta en el horizonte.

Cuando Ulises vio aparecer un carro militar en el espejo retrovisor, hizo un esfuerzo por aumentar la distancia, pero el motor no daba para más. Habían viajado sin dormir y estaban estragados de cansancio y de sed. Eréndira, que dormitaba en el hombro de Ulises, despertó asustada. Vio la camioneta que estaba a punto de alcanzarlos y con una determinación cándida cogió la pistola de la guantera.

—No sirve —dijo Ulises—. Era de Francis Drake.

La martilló varias veces y la tiró por la ventana. La patrulla militar se le adelantó a la destartalada camioneta cargada de pájaros desplumados por el viento, hizo una curva forzada, y le cerró el camino.

Las conocí por esa época, que fue la de más grande esplendor, aunque no había de escudriñar los pormenores de su vida sino muchos años después, cuando Rafael Escalona reveló en una canción el desenlace terrible del drama y me pareció que era bueno para contarlo. Yo andaba vendiendo enciclopedias y libros de medicina por la provincia de Riohacha. Álvaro Cepeda Samudio, que andaba también por esos rumbos vendiendo máquinas de cerveza helada, me llevó en su camioneta por los pueblos del desierto con la intención de hablarme de no sé qué cosa, y hablamos tanto de nada y tomamos tanta cerveza que sin saber cuándo ni por dónde atravesamos el desierto entero y llegamos hasta la frontera. Allí estaba la carpa del amor errante, bajo los lienzos de letreros colgados: *Eréndira es mejor. Vaya y vuelva. Eréndira lo espera. Esto no es vida sin Eréndira.* La fila interminable y ondulante, compuesta por hombres de razas y condiciones diversas, parecía una serpiente de vértebras humanas que dormitaba a través de solares y plazas, por entre bazares abigarrados y mercados ruidosos, y se salía de las calles de aquella ciudad fragorosa de traficantes de paso. Cada calle era un garito público, cada casa una cantina, cada puerta un refugio de prófugos. Las numerosas músicas indescifrables y los pregones gritados formaban un solo estruendo de pánico en el calor alucinante.

Entre la muchedumbre de apátridas y vividores estaba Blacamán el bueno, trepado en una mesa, pidiendo una culebra de verdad para probar en carne propia un antídoto de su invención. Estaba la mujer que se había convertido en araña por desobedecer a sus padres, que por cincuenta centavos se dejaba tocar para que vieran que no había engaño y contestaba las preguntas que quisieran hacerle sobre su desventura. Estaba un enviado de la vida eterna que anunciaba la venida inminente del pavoroso murciélago sideral, cuyo ardiente resuello de azufre habría de trastornar el orden de la naturaleza, y haría salir a flote los misterios del mar.

El único remanso de sosiego era el barrio de tolerancia, a donde sólo llegaban los rescoldos del fragor urbano. Mujeres venidas de los cuatro cuadrantes de la rosa náutica bostezaban de tedio en los abandonados salones de baile. Habían hecho la siesta sentadas, sin que nadie las despertara para quererlas, y seguían esperando al murciélago sideral bajo los ventiladores de aspas atornilladas en el cielo raso. De pronto, una de ellas se levantó, y fue a una galería de trinitarias que daba sobre la calle. Por allí pasaba la fila de los pretendientes de Eréndira.

—A ver —les gritó la mujer—. ¿Qué tiene ésa que no tenemos nosotras?

—Una carta de un senador —gritó alguien.

Atraídas por los gritos y las carcajadas, otras mujeres salieron a la galería.

—Hace días que esa cola está así —dijo una de ellas—. Imagínate, a cincuenta pesos cada uno.

La que había salido primero decidió:

—Pues yo me voy a ver qué es lo que tiene de oro esa sietemesina.

—Yo también —dijo otra—. Será mejor que estar aquí calentando gratis el asiento.

En el camino, se incorporaron otras, y cuando llegaron a la tienda de Eréndira habían integrado una comparsa bulliciosa. Entraron sin anunciarse, espantaron a golpes de almohadas al hombre que encontraron gastándose lo mejor que podía el dinero que había pagado, y cargaron la cama de Eréndira y la sacaron en andas a la calle.

—Esto es un atropello —gritaba la abuela—. ¡Cáfila de desleales! ¡Montoneras! —Y luego, contra los hombres de la fila—: Y ustedes, pollerones, dónde tienen las criadillas que permiten este abuso contra una pobre criatura indefensa. ¡Maricas!

Siguió gritando hasta donde le daba la voz, repartiendo tramojazos de báculo contra quienes se pusieran a su alcance, pero su cólera era inaudible entre los gritos y las rechiflas de la muchedumbre.

Eréndira no pudo escapar del escarnio porque se lo impidió la cadena de perro con que la abuela la encadenaba de un travesaño de la cama desde que trató de fugarse. Pero no le hicieron ningún daño. La mostraron en su altar de marquesina por las calles de más estrépito, como el paso alegórico de la penitente encadenada, y al final la pusieron en cámara ardiente en el centro de la plaza mayor. Eréndira estaba enroscada, con la cara escondida pero sin llorar, y así permaneció en el sol terrible de la plaza, mordiendo de vergüenza y de rabia la cadena de perro de su mal destino, hasta que alguien le hizo la caridad de tapar-la con una camisa.

Ésa fue la única vez que las vi, pero supe que habían permanecido en aquella ciudad fronteriza bajo el amparo de la fuerza pública hasta que reventaron las arcas de la abuela, y que entonces abandonaron el desierto hacia el rumbo del mar. Nunca se vio tanta opulencia junta por aquellos reinos de pobres. Era un desfile de carretas tiradas por bueyes, sobre las cuales se amontonaban algunas réplicas de pacotilla de la parafernalia extinguida con el desastre de la mansión, y no sólo los bustos imperiales y los relojes raros, sino también un piano de ocasión y una vitrola de manigueta con los discos de la nostalgia. Una recua de indios se ocupaba de la carga, y una banda de músicos anunciaba en los pueblos su llegada triunfal.

La abuela viajaba en un palanquín con guirnaldas de papel, rumiando los cereales de la faltriquera, a la sombra de un palio de iglesia. Su tamaño monumental había aumentado, porque usaba debajo de la blusa un chaleco de lona de velero, en el cual se metía los lingotes de oro como se meten las balas en un cinturón de cartucheras. Eréndira estaba junto a ella, vestida de géneros vistosos y con estoperoles colgados, pero todavía con la cadena de perro en el tobillo.

—No te puedes quejar —le había dicho la abuela al salir de la ciudad fronteriza—. Tienes ropas de reina, una cama de lujo, una banda de música propia, y catorce indios a tu servicio. ¿No te parece espléndido?

—Sí, abuela.

—Cuando yo te falte —prosiguió la abuela—, no quedarás a merced de los hombres, porque tendrás tu casa propia en una ciudad de importancia. Serás libre y feliz.

Era una visión nueva e imprevista del porvenir. En cambio no había vuelto a hablar de la deuda de origen, cuyos pormenores se retorcían y cuyos plazos aumentaban a medida que se hacían más intrincadas las cuentas del negocio. Sin embargo, Eréndira no emitió un suspiro que permitiera vislumbrar su pensamiento. Se sometió en silencio al tormento de la cama en los charcos de salitre, en el sopor de los pueblos lacustres, en el cráter lunar de las minas de talco, mientras la abuela le cantaba la visión del futuro como si la estuviera descifrando en las barajas. Una tarde, al final de un desfiladero opresivo, percibieron un viento de laureles antiguos, y escucharon piltrafas de diálogos de Jamaica, y sintieron unas ansias de vida, y un nudo en el corazón, y era que habían llegado al mar.

—Ahí lo tienes —dijo la abuela, respirando la luz de vidrio del Caribe al cabo de media vida de destierro—. ¿No te gusta?

—Sí, abuela.

Allí plantaron la carpa. La abuela pasó la noche hablando sin soñar, y a veces confundía sus nostalgias con la clarividencia del porvenir. Durmió hasta más tarde que de costumbre y despertó sosegada por el rumor del mar. Sin embargo, cuando Eréndira la estaba bañando volvió a hacerle pronósticos sobre el futuro, y era una clarividencia tan febril que parecía un delirio de vigilia.

—Serás una dueña señorial —le dijo—. Una dama de alcurnia venerada por tus protegidas, y complacida y honrada por las más altas autoridades. Los capitanes de los buques te mandarán postales desde todos los puertos del mundo.

Eréndira no la escuchaba. El agua tibia perfumada de orégano chorreaba en la bañera por un canal alimentado desde el exterior. Eréndira la recogía con una totuma impenetrable, sin respirar siquiera, y se la echaba a la abuela con una mano mientras la jabonaba con la otra.

—El prestigio de tu casa volará de boca en boca desde el cordón de las Antillas hasta los reinos de Holanda —decía la abuela—. Y ha de ser más importante que la casa presidencial, porque en ella se discutirán los asuntos del gobierno y se arreglará el destino de la nación.

De pronto el agua se extinguió en el canal. Eréndira salió de la carpa para averiguar qué pasaba, y vio que el indio encargado de echar el agua en el canal estaba cortando leña en la cocina.

—Se acabó —dijo el indio—. Hay que enfriar más agua.

Eréndira fue hasta la hornilla donde había otra olla grande con hojas aromáticas hervidas. Se envolvió las manos en un trapo, y comprobó que podía levantar la olla sin ayuda del indio.

—Vete —le dijo—. Yo echo el agua.

Esperó hasta que el indio saliera de la cocina. Entonces quitó del fuego la olla hirviente, la levantó con mucho trabajo hasta la altura de la canal, y ya iba a echar el agua mortífera cuando la abuela gritó en el interior de la carpa:

—¡Eréndira!

Fue como si la hubiera visto. La nieta, asustada por el grito, se arrepintió en el instante final.

—Ya voy, abuela —dijo—. Estoy enfriando el agua.

Aquella noche estuvo cavilando hasta muy tarde,

mientras la abuela cantaba dormida con el chaleco de oro. Eréndira la contempló desde su cama con unos ojos intensos que parecían de gato en la penumbra. Luego se acostó como un ahogado, con los brazos en el pecho y los ojos abiertos, y llamó con toda la fuerza de su voz interior:

—Ulises.

Ulises despertó de golpe en la casa del naranjal. Había oído la voz de Eréndira con tanta claridad, que la buscó en las sombras del cuarto. Al cabo de un instante de reflexión, hizo un rollo con sus ropas y sus zapatos, y abandonó el dormitorio. Había atravesado la terraza cuando lo sorprendió la voz de su padre:

—Para dónde vas.

Ulises lo vio iluminado de azul por la luna.

—Para el mundo —contestó.

—Esta vez no te lo voy a impedir —dijo el holandés—. Pero te advierto una cosa: a dondequiera que vayas te perseguirá la maldición de tu padre.

—Así sea —dijo Ulises.

Sorprendido, y hasta un poco orgulloso por la resolución del hijo, el holandés lo siguió por el naranjal enlunado con una mirada que poco a poco empezaba a sonreír. Su mujer estaba a sus espaldas con su modo de estar de india hermosa. El holandés habló cuando Ulises cerró el portal.

—Ya volverá —dijo— apaleado por la vida, más pronto de lo que tú crees.

—Eres muy bruto —suspiró ella—. No volverá nunca.

En esa ocasión, Ulises no tuvo que preguntarle a nadie por el rumbo de Eréndira. Atravesó el desierto escondido en camiones de paso, robando para comer y para dormir, y robando muchas veces por el puro placer del riesgo, hasta que encontró la carpa en otro pueblo de mar, desde el cual se veían los edificios de vidrio de una ciudad iluminada, y donde resonaban los adioses nocturnos de los buques que zarpaban para la isla de Aruba. Eréndira estaba dormida, encadenada al travesaño, y en la misma posición de ahogado a la deriva en que lo había llamado. Ulises permaneció contemplándola un largo rato sin despertarla, pero la contempló con tanta intensidad que Eréndira despertó. Entonces se besaron en la oscuridad, se acariciaron sin prisas, se desnudaron hasta la fatiga, con una ternura callada y una dicha recóndita que se parecieron más que nunca al amor.

En el otro extremo de la carpa, la abuela dormida dio una vuelta monumental y empezó a delirar.

—Eso fue por los tiempos en que llegó el barco griego —dijo—. Era una tripulación de locos que hacían felices a las mujeres y no les pagaban con dinero sino con esponjas, unas esponjas vivas que después andaban caminando por dentro de las casas, gimiendo como enfermos de hospital y haciendo llorar a los niños para beberse las lágrimas.

Se incorporó con un movimiento subterráneo, y se sentó en la cama.

—Entonces fue cuando llegó él, Dios mío —gritó—, más fuerte, más grande y mucho más hombre que Amadís.

Ulises, que hasta entonces no había prestado atención al delirio, trató de esconderse cuando vio a la abuela sentada en la cama. Eréndira lo tranquilizó.

—Tate quieto —le dijo—. Siempre que llega a esa parte se sienta en la cama, pero no despierta.

Ulises se acostó en su hombro.

—Yo estaba esa noche cantando con los marineros y pensé que era un temblor de tierra —continuó la abuela—. Todos debieron pensar lo mismo, porque huyeron dando gritos, muertos de risa, y sólo quedó él bajo el cobertizo de astromelias. Recuerdo como si hubiera sido ayer que yo estaba cantando la canción que todos cantaban en aquellos tiempos. Hasta los loros en los patios cantaban.

Sin son ni ton, como sólo es posible cantar en los sueños, cantó las líneas de su amargura:

Señor, Señor, devuélveme mi antigua inocencia
para gozar su amor otra vez desde el principio.

Sólo entonces se interesó Ulises en la nostalgia de la abuela.

—Ahí estaba él —decía— con una guacamaya en el hombro y un trabuco de matar caníbales como llegó Guatarral a las Guayanas, y yo sentí su aliento de muerte cuando se plantó enfrente de mí, y me dijo: le he dado mil veces la vuelta al mundo y he visto a todas las mujeres de todas las naciones, así que tengo autoridad para decirte que eres la más altiva y la más servicial, la más hermosa de la tierra.

Se acostó de nuevo y sollozó en la almohada. Ulises y Eréndira permanecieron un largo rato en silencio mecidos en la penumbra por la respiración descomunal de la anciana dormida. De pronto, Eréndira preguntó sin un quebranto mínimo en la voz:

—¿Te atreverías a matarla?

Tomado de sorpresa, Ulises no supo qué contestar.

—Quién sabe —dijo—. ¿Tú te atreves?

—Yo no puedo —dijo Eréndira—, porque es mi abuela.

Entonces Ulises observó otra vez el enorme cuerpo dormido, como midiendo su cantidad de vida, y decidió:

—Por ti soy capaz de todo.

Ulises compró una libra de veneno para ratas, la revolvió con nata de leche y mermelada de frambuesa, y vertió aquella crema mortal dentro de un pastel al que le había sacado su relleno de origen. Después le puso encima una crema más densa, componiéndolo con una cuchara hasta que no quedó ningún rastro de la maniobra siniestra, y completó el engaño con setenta y dos velitas rosadas.

La abuela se incorporó en el trono blandiendo el báculo amenazador cuando lo vio entrar en la carpa con el pastel de fiesta.

—Descarado —gritó—. ¡Cómo te atreves a poner los pies en esta casa!

Ulises se escondió detrás de su cara de ángel.

—Vengo a pedirle perdón —dijo—, hoy día de su cumpleaños.

Desarmada por su mentira certera, la abuela hizo poner la mesa como para una cena de bodas. Sentó a Ulises a su diestra, mientras Eréndira les servía, y después de apagar las velas con un soplo arrasador cortó el pastel en partes iguales. Le sirvió a Ulises.

—Un hombre que sabe hacerse perdonar tiene

ganada la mitad del cielo —dijo—. Te dejo el primer pedazo, que es el de felicidad.

—No me gusta el dulce —dijo él—. Que le aproveche.

La abuela le ofreció a Eréndira otro pedazo de pastel. Ella se lo llevó a la cocina y lo tiró en la caja de la basura.

La abuela se comió sola todo el resto. Se metía los pedazos enteros en la boca y se los tragaba sin masticar, gimiendo de gozo, y mirando a Ulises desde el limbo de su placer. Cuando no hubo más en su plato se comió también el que Ulises había despreciado. Mientras masticaba el último trozo, recogía con los dedos y se metía en la boca las migajas del mantel.

Había comido arsénico como para exterminar una generación de ratas. Sin embargo, tocó el piano y cantó hasta la media noche, se acostó feliz, y concilió un sueño natural. El único signo nuevo fue un rastro pedregoso en su respiración.

Eréndira y Ulises la vigilaron desde la otra cama, y sólo esperaban su estertor final. Pero la voz fue tan viva como siempre cuando empezó a delirar.

—¡Me volvió loca, Dios mío, me volvió loca! —gritó—. Yo ponía dos trancas en el dormitorio para que no entrara, ponía el tocador y la mesa contra la puerta y las sillas sobre la mesa, y bastaba con que él diera un golpecito con el anillo para que los parapetos se desbarataran, las sillas se bajaban solas de la mesa, la mesa y el tocador se apartaban solos, las trancas se salían solas de las argollas.

Eréndira y Ulises la contemplaban con un asombro creciente, a medida que el delirio se volvía más profundo y dramático, y la voz más íntima.

—Yo sentía que me iba a morir, empapada en sudor de miedo, suplicando por dentro que la puerta se abriera sin abrirse, que él entrara sin entrar, que no se fuera nunca pero que tampoco volviera jamás, para no tener que matarlo.

Siguió recapitulando su drama durante varias horas, hasta en sus detalles más ínfimos, como si lo hubiera vuelto a vivir en el sueño. Poco antes del amanecer se revolvió en la cama y la voz se le quebró con la inminencia de los sollozos.

—Yo lo previne, y se rió —gritaba—, lo volví a prevenir y volvió a reírse, hasta que abrió los ojos aterrados, diciendo, ¡ay reina!, ¡ay reina!, y la voz no le salió por la boca sino por la cuchillada de la garganta.

Ulises, espantado con la tremenda evocación de la abuela, se agarró de la mano de Eréndira.

—¡Vieja asesina! —exclamó.

Eréndira no le prestó atención porque en ese instante empezó a despuntar el alba. Los relojes dieron las cinco.

—¡Vete! —dijo Eréndira—. Ya va a despertar.

—Está más viva que un elefante —exclamó Ulises—. ¡No puede ser!

Eréndira lo atravesó con una mirada mortal.

—Lo que pasa —dijo— es que tú no sirves ni para matar a nadie.

Ulises se impresionó tanto con la crudeza del reproche, que se evadió de la carpa. Eréndira continuó observando a la abuela dormida, con su odio secreto, con la rabia de la frustración, a medida que se alzaba el amanecer y se iba despertando el aire de los pájaros. Entonces la abuela abrió los ojos y la miró con una sonrisa plácida.

—Dios te salve, hija.

El único cambio notable fue un principio de desorden en las normas cotidianas. Era miércoles, pero la abuela quiso un traje de domingo, decidió que Eréndira no recibiera ningún cliente antes de las once, y le pidió que le pintara las uñas de color granate y le hiciera un peinado de pontifical.

—Nunca había tenido tantas ganas de retratarme —exclamó.

Eréndira empezó a peinarla, pero al pasar el peine de desenredar se quedó entre los dientes un mazo de cabellos. Se lo mostró asustada a la abuela. Ella lo examinó, trató de arrancarse otro mechón con los dedos, y otro arbusto de pelos se le quedó en la mano. Lo tiró al suelo y probó otra vez, y se arrancó un mechón más grande. Entonces empezó a arrancarse el cabello con las dos manos, muerta de risa, arrojando los puñados en el aire con un júbilo incomprensible, hasta que la cabeza le quedó como un coco pelado.

Eréndira no volvió a tener noticias de Ulises hasta dos semanas más tarde, cuando percibió fuera de la carpa el reclamo de la lechuza. La abuela había empezado a tocar el piano, y estaba tan absorta en su nostalgia que no se daba cuenta de la realidad. Tenía en la cabeza una peluca de plumas radiantes.

Eréndira acudió al llamado y sólo entonces descubrió la mecha de detonante que salía de la caja del piano y se prolongaba por entre la maleza y se perdía en la oscuridad. Corrió hacia donde estaba Ulises, se escondió junto a él entre los arbustos, y ambos vieron con el corazón oprimido la llamita azul que se fue por la mecha del detonante, atravesó el espacio oscuro y penetró en la carpa.

—Tápate los oídos —dijo Ulises.

Ambos lo hicieron, sin que hiciera falta, porque no hubo explosión. La tienda se iluminó por dentro con una deflagración radiante, estalló en silencio, y desapareció en una tromba de humo de pólvora mojada. Cuando Eréndira se atrevió a entrar, creyendo que la abuela estaba muerta, la encontró con la peluca chamuscada y la camisa en piltrafas, pero más viva que nunca, tratando de sofocar el fuego con una manta.

Ulises se escabulló al amparo de la gritería de los indios que no sabían qué hacer, confundidos por las órdenes contradictorias de la abuela. Cuando lograron por fin dominar las llamas y disipar el humo, se encontraron con una visión de naufragio.

—Parece cosa del maligno —dijo la abuela—. Los pianos no estallan por casualidad.

Hizo toda clase de conjeturas para establecer las causas del nuevo desastre, pero las evasivas de Eréndira, y su actitud impávida, acabaron de confundirla. No encontró una mínima fisura en la conducta de la nieta, ni se acordó de la existencia de Ulises. Estuvo despierta hasta la madrugada, hilando suposiciones y haciendo cálculos de las pérdidas. Durmió poco y mal. A la mañana siguiente, cuando Eréndira le quitó el chaleco de las barras de oro le encontró ampollas de fuego en los hombros y el pecho en carne viva. «Con razón que dormí dando vueltas», dijo mientras Eréndira le echaba claras de huevo en las quemaduras. «Y además, tuve un sueño raro.» Hizo un esfuerzo de concentración, para evocar la imagen, hasta que la tuvo tan nítida en la memoria como en el sueño.

—Era un pavorreal en una hamaca blanca —dijo.

Eréndira se sorprendió, pero rehízo de inmediato su expresión cotidiana.

—Es un buen anuncio —mintió—. Los pavorreales de los sueños son animales de larga vida.

—Dios te oiga —dijo la abuela—, porque estamos otra vez como al principio. Hay que empezar de nuevo.

Eréndira no se alteró. Salió de la carpa con el platón de las compresas, y dejó a la abuela con el torso embebido de claras de huevo, y el cráneo embadurnado de mostaza. Estaba echando más claras de huevo en el platón, bajo el cobertizo de palmas que servía de cocina, cuando vio aparecer los ojos de Ulises por detrás del fogón como lo vio la primera vez detrás de su cama. No se sorprendió, sino que le dijo con una voz de cansancio:

—Lo único que has conseguido es aumentarme la deuda.

Los ojos de Ulises se turbaron de ansiedad. Permaneció inmóvil, mirando a Eréndira en silencio, viéndola partir los huevos con una expresión fija, de absoluto desprecio, como si él no existiera. Al cabo de un momento, los ojos se movieron, revisaron las cosas de la cocina, las ollas colgadas, las ristras de achiote, los platos, el cuchillo de destazar. Ulises se incorporó, siempre sin decir nada, y entró bajo el cobertizo y descolgó el cuchillo.

Eréndira no se volvió a mirarlo, pero en el momento en que Ulises abandonaba el cobertizo, le dijo en voz muy baja:

—Ten cuidado, que ya tuvo un aviso de la muerte. Soñó con un pavorreal en una hamaca blanca.

La abuela vio entrar a Ulises con el cuchillo, y haciendo un supremo esfuerzo se incorporó sin ayuda del báculo y levantó los brazos.

—¡Muchacho! —gritó—. Te volviste loco.

Ulises le saltó encima y le dio una cuchillada certera en el pecho desnudo. La abuela lanzó un gemido, se le echó encima y trató de estrangularlo con sus potentes brazos de oso.

—Hijo de puta —gruñó—. Demasiado tarde me doy cuenta que tienes cara de ángel traidor.

No pudo decir nada más porque Ulises logró liberar la mano con el cuchillo y le asestó una segunda cuchillada en el costado. La abuela soltó un gemido recóndito y abrazó con más fuerza al agresor. Ulises asestó un tercer golpe, sin piedad, y un chorro de sangre expulsada a alta presión le salpicó la cara: era una sangre oleosa, brillante y verde, igual que la miel de menta.

Eréndira apareció en la entrada con el platón en la mano, y observó la lucha con una impavidez criminal.

Grande, monolítica, gruñendo de dolor y de rabia, la abuela se aferró al cuerpo de Ulises. Sus brazos, sus piernas, hasta su cráneo pelado estaban verdes de sangre. La enorme respiración de fuelle, trastornada por los primeros estertores, ocupaba todo el ámbito. Ulises logró liberar otra vez el brazo armado, abrió un tajo en el vientre, y una explosión de sangre lo empapó de verde hasta los pies. La abuela trató de alcanzar el aire que ya le hacía falta para vivir, y se derrumbó de bruces. Ulises se soltó de los brazos exhaustos y sin darse un instante de tregua le asestó al vasto cuerpo caído la cuchillada final.

Eréndira puso entonces el platón en una mesa, se inclinó sobre la abuela, escudriñándola sin tocarla, y cuando se convenció de que estaba muerta, su rostro adquirió de golpe toda la madurez de persona mayor que no le habían dado sus veinte años de infortunio.

Con movimientos rápidos y precisos, cogió el chaleco del oro y salió de la carpa.

Ulises permaneció sentado junto al cadáver, agotado por la lucha, y cuanto más trataba de limpiarse la cara, más se le embadurnaba de aquella materia verde y viva que parecía fluir de sus dedos. Sólo cuando vio salir a Eréndira con el chaleco del oro tomó conciencia de su estado.

La llamó a gritos pero no recibió ninguna respuesta. Se arrastró hasta la entrada de la carpa, y vio que Eréndira empezaba a correr por la orilla del mar en dirección opuesta a la de la ciudad. Entonces hizo un último esfuerzo para perseguirla, llamándola con unos gritos desgarrados que ya no eran de amante sino de hijo, pero lo venció el terrible agotamiento de haber matado a una mujer sin ayuda de nadie. Los indios de la abuela lo alcanzaron tirado bocabajo en la playa, llorando de soledad y de miedo.

Eréndira no lo había oído. Iba corriendo contra el viento, más veloz que un venado, y ninguna voz de este mundo la podía detener. Pasó corriendo sin volver la cabeza por el vapor ardiente de los charcos de salitre, por los cráteres de talco, por el sopor de los palafitos, hasta que se acabaron las ciencias naturales del mar y empezó el desierto, pero todavía siguió corriendo con el chaleco del oro más allá de los vientos áridos y los atardeceres de nunca acabar, y jamás se volvió a tener la menor noticia de ella ni se encontró el vestigio más ínfimo de su desgracia.

ÍNDICE